돌봄의 찻상

돌봄의 찻상

연희 지음

차의 템포로
자신의 마음과 천천히 걷기

메디치

찻상이 내게 가르쳐준 것

찻상 하면 무엇보다 사랑, 혹은 연민이 떠오른다.

나는 오랫동안 이 나라 저 나라 떠돌아다니며 마음 맞는 공간에서 플루트 연주를 하거나 아이들에게 플루트를 가르쳐왔다. 좁은 클래식 음악의 세계에서 플루트 연주자인 내가 할 수 있는 일들을 최대한 찾아내어 음악의 아름다움을 알리려고 노력했다. 미국인인 배우자의 일이 파리와 깊은 관련이 있어서 뉴욕과 파리를 1년에도 몇 번씩 오가며 생활할 수밖에 없었는데 그렇게 사는 동안 가끔은 이룬 것이 하나도 없거나 어디에도 뿌리내리지 못한 것 같아 초조했다. 누군가와 나를 비교하거나 외부 조건이 나의 가치를 정하게 놔둘 때도 많았다.

어느 날부터인가 지친 몸을 이끌고 찻상 앞에 앉으면 보잘것없고 미약한 자신에게 연민의 감정이 생기기 시작했다. 그렇게 자신을 사랑하게 되었더니 세상에 느낀 서러움과 야속함이 눈 녹듯이 사라졌다. 그 마음으로 찻상을 차려 다른 사람들을 대접했더니 별것 아닌 차 한 잔에 몸둘 바를 모르며 다시 나에게 곱절로 사랑을 돌려주었다. 점점 메말라가는 각박한 세상에서 저도 모르게 공격적이고 거세지는 것은 결국 사랑이 그립고 거기에 목마름을 느끼기 때문이지 않을까. 그만큼 우리는 유약하고 여린 존재인 것 같다.

프랑스에서 유학하던 시절, 신문에서 어느 티베트 스님의 이야기를 읽은 적이 있다. 그가 머무는 사원에는 작은 텃밭이 있었는데 스님은 대외 활동이 있는 날을 제외하고 대부분의 시간을 텃밭에서 보냈다. 어느 날 젊은 기자가 찾아와 물었다. "스님, 지금 텃밭에서 상추를 돌보실 때가 아닙니다. 전 세계에서 스님의 말씀을 듣고자 하는데 한 번이라도 더 가르침을 전파해도 모자랄 시간입니다." 그러자 스님은 대답했다. "내가 연설을 할 수 있는 힘이 어디에서 나오는지 아십니까. 바로 이 상추 가꾸기 덕분입니다. 나는 이 행위를 통해 내면과 소통하며, 이것이 나의 수행입니다."

내면과 소통하는 자신만의 놀이터, 자신만의 세계를 창조하는 법을 아는 사람은 자존감이 높지 않을까 싶다. 이렇게 자신을 돌보는 사람은 어떤 최악의 상황이 펼쳐지더라도 내면과 대화하고 메타 인지를 높여 자신이 할 수 있는 일을 찾아내 집중한다. 나는 조용한 찻상 앞에 앉아 오랜 세월 외면해왔던 나의 내면과 마주했을 때 그것을 비로소 깨달았다. 그리고 인간은 스스로를 돌보지 않을 때 자신의 삶을 어떤 방식으로 곡해하며 받아들이는지도.

이 책 《돌봄의 찻상》에서는 두 가지 이야기가 펼쳐진다. 찻상 세계를 탐구한 이야기와 내가 찻상 앞에서 스스로에게든 무언가에게든 돌봄을 받은 이야기다. 나는 유독 찻상을 마주하고 있으면 찻상의 향긋한 향과 아름다운 수색水色, 그리고 명랑한 기운이 우리가 일상에서 쉽게 놓치고 지나가는 것들을 볼 수 있게끔 감각을 열어준다고 느낀다. 지금 이 순간의 자신을 온전히 보지 못한 채 걷는 길은 자신에게 등을 돌리고 걷는 길이나 마찬가지며 결국 넘어지게 되어 있다.

찻상은 그저 나의 놀이터일 뿐이고, 다른 사람에게 그것은 달리기나 상추 가꾸기, 또는 꽃을 심는 일이 될 수도 있을 것이다. 독자분들 또한 단 한 번뿐인 생에서 그 누구도, 그 무엇도 방해할 수 없는 진짜 자신만의 놀이터를 창조해보는 데 이 책이 조금이나마 도움이 될 수 있다면 기쁘겠다.

나의 첫 책이 출간되었다. 내게 주어진 행운과 부족한 원고가 완성되기까지 응원해주신 모든 분께 감사드린다.

차례

찻상이 내게 가르쳐준 것 · 5

1장
조건 없는 사랑의 공간

2장
그 물빛을 좇아

3장

우리에게 가장 필요한 것은 찻상문화

1장

조건 없는
사랑의 공간

내 삶에 들어온 일본 다실

파리에 살면서 프랑스적 향취와 또 다른 이국적 색채가 뒤섞인 다방문화를 나는 참으로 사랑한 사람 중 하나다. 대부분의 파리 사람은 자신만의 취향과 문화에 따른 단골다방을 갖고 있으며, 나도 파리에서 내가 유난히 안식을 느끼는 곳을 찾아 나만의 단골다방으로 삼았다. 스스로가 매우 초라하고 볼품없이 느껴지는 날에도 단골다방을 찾아가 초콜릿을 녹여 뜨거운 우유를 부어 만든 쇼콜라쇼Chocolat Chaud 한 잔을 마시면 움츠러든 심장이 녹아들며 세상에서 가장 행복한 사람이 된 기분이 들었다. 배우자와 결혼해 수도 없이 뉴욕과 파리 두 도시를 오간 10년이 넘는 시간을 통틀어 단골다방은 사정에 따라 두세 번 정도 바뀌었다. 그중에는 나를 찻상의 세계에 빠지게 한 결코 잊을 수 없는 다방이 있다.

파리에 있을 때면 나는 뉴욕에서와 마찬가지로 친한 연주자들과 함께 실내악 연주를 하거나 제자들에게 플루트를 가르쳤다. 파리에는 내가 에꼴노르말 음악원 재학 시절부터 종종 찾은 길상사라는 한국 절이 있다. 1997년에 세워진 서울의 길상사보다 4년 먼저 법정 스님에 의해 창건된 절로, 외곽에 있어서 쉽게 찾아가기 쉬운 곳은 아니지만 나는 졸업한 뒤에도 파리에 올 때마다 이곳 법회에 가급적 참석하려 했다.

길상사는 행사가 있는 날이면 간혹 음악가들을 초청해 작은 후원에서 연주회도 열었는데, 마침 내가 파리에 머무는 동안 나에게도 연주 초청이 들어와 그곳에서 플루트를 연주하는 영광을 누릴 수 있었다. 이후 나를 초청하고 행사를 담당하신 분과 함께 차를 마시며 뒤풀이를 하기로 약속했다. 2013년 7월의 어느 여름날, 우리는 루브르 박물관 옆 코메디프랑세즈 극장 앞에서 만났다.

나는 주변에 널린 다방들 중 하나에 들어가 담소를 나누면 되겠거니 싶어 "어느 다방에 가서 앉고 싶으세요"라고 먼저 물었다. 그분은 이쪽 샛길을 통해 방돔 광장을 지나면 일본 다실이 하나 나오는데 혹시 가보았냐며 되물었다. 그곳 말차抹茶*와 와가시和菓子**가 괜

* 그늘에서 재배한 찻잎을 줄기를 제거하고 만든 가루차. 물에 넣은 다음 거품기로 저어 마신다.

** 일본 전통 과자로 팥, 찹쌀 등을 이용해 만든 달달한 종류가 많다.

찮다고 했다. 우리는 도란도란 이야기를 나누며 샛길을 따라 쭉 걸어 방돔 광장을 지나 어느 골목에 있는 동양풍 작은 다실에 이르렀다. 일본 상점 거리에서 볼 법한 전통 포렴이 문 앞에 걸려 있었고 일본어와 함께 영어로 'Toraya'라고 쓰여 있었다. 5백 년 전통을 가진 교토 다실 토라야とらや의 파리 분점이라고 했다.

점심시간이 지난 후였기에 자리가 상당히 여유로웠다. 잡소리 하나 들리지 않는 조용한 다실 안에 소담하게 장식된 이케바나生け花***와 족자가 시선을 끌었고, 편안해 보이는 붉은색 일인용 소파와 사각형 차 테이블이 놓인 프라이베잇한 구조가 고급스러운 인상을 주었다. 은은한 노란 조명이 아담한 다실을 더욱 아늑하고 멋스럽게 감싸고 있었다. 출입문 왼쪽에 자리 잡은 진열대에는 일본풍 문양 포장지로 하나하나 정성스레 싼 판매용 말차와 와가시가 진열되어 있었다. 세련된 실내 장식이 이루고 있는 독특한 선이 나를 사로잡았다. 차를 중심으로 이룩된 것이라기보다는 찻상이라는 공간을 창조해내기 위해 차에 관한 심미학을 극도로 탐구해 양식화한 듯했다. 그분은 말차를, 나는 센차煎茶****와 떡을 주문했던 것으로 기억한다. 우리는 한참 기

*** 일본 꽃꽂이 예술을 가리키는 말로 주로 자연의 아름다움을 있는 그대로 재현하려고 한다.

**** 일본 녹차 중 가장 유명하고 많이 유통되는 차. 어린 찻잎을 쪄서 만든다.

1장. 조건 없는 사랑의 공간

분 좋게 담소를 나누고 오후 늦게 헤어졌다.

하지만 이상하게도 그날 나는 동틀 무렵까지 잠을 이루지 못했다. 내가 정체도 모른 채 무의식중에 평생을 갈구하며 좇아온 무언가가 그 일본 다실에 숨겨져 있다는 생각을 떨쳐낼 수가 없었다. 까마득한 어린 시절부터 내 속에서 애매모호하게 이어져온 찻상에 대한 끌림이 정의되기 시작하는 듯했다.

다음 날, 나는 홀로 다시 토라야를 찾았다. 20여 년간 런던, 파리, 뉴욕 등 여러 도시를 부산하게 떠돌아다녔지만 생활 터전만 계속 바뀔 뿐 뭔가 그럴듯하게 성취한 것이 없다는 생각에 늘 초조했다. 그러나 토라야의 고즈넉한 찻상 앞에 앉아 향긋한 차를 내려다보았을 때 내가 대체 이 자리에 어떻게 와 있는지 돌이켜보게 되었다. 오래전 한국을 떠나 어디에도 발 붙이지 못한 채 부평초처럼 살다가 지금은 파리에서도 매우 이질적인 일본 다실에 앉아 있구나. 불현듯 나는 이 나라 저 나라의 낯선 문화를 익히고 공동체 속으로 녹아들기 위해 서러움을 눌러가며 분투했던 자신을 인정해준 적이 한 번도 없었음을 깨달았다. 현재의 나를 있는 그대로 사랑하지 못하고 그저 외부 기준과 비교하기에 급급했다. 비로소 나는 그동안 외면해왔던 황폐해질 대로 황폐해진 내면과 마주할 수 있었다.

이날 이후 나는 또 다른 삶의 가능성을 보여준 이 일본 다실을 수시로 찾아 내 모든 일상과 생각을 글로 토해 냈다. 하지만 아쉽게도 이는 오래가지 못했다. 어느 날 토라야는 한동안 문을 닫더니 내부 공사를 한 뒤 재오픈했다. 그런데 완전히 모던한 스타일로 탈바꿈된 실내 장식은 더 이상 독특한 선을 자아내지 못했고 뉴욕에서 온 나에게는 그저 맨해튼의 어느 일반 커피점과 별반 다르지 않았다. 나는 다시 파리 좌안Rive Gauche*의 바방 역 근처에 있는, 강렬한 붉은색 커튼이 상징적인 본래의 단골다방 로톤드Rotonde로 돌아갔다. 1911년에 좌안의 명소 몽파르나스 거리에 문을 연 로톤드는 피카소 등의 예술가가 자주 들렀던 다방으로, 헤밍웨이의 《태양은 다시 떠오른다》에도 스쳐지나가듯 언급되는 곳이다.

몇 년 후 교토에 갔을 때 그토록 가보고 싶었던 토라야 본점을 방문했다. 파리의 그 작은 분점에 비교할 수 없을 만큼 크고 외관은 휘황찬란했으며 실내 장식은 과히 일본식 심미주의의 절정을 보여주면서 전통과 모던이 잘 융화되어 있었다. 나는 정원과 이 케바나의 절제된 아름다움과 산뜻하면서도 독특한 개성으로 정리된 다실 분위기에 도취되었다. 하지만 내 안의 모든 감각을 열어주며 옛 기억

* 파리 센강 남쪽 지역을 가리키는 말로, 예술인과 지식인이 많이 모이는 카페·교육 기관 등이 밀집해 있다.

들을 우르르 떠올리게 해준 파리 방돔 광장 골목의 그 소
담했던 다실이 내게 최고의 일본 다실로 남을 것 같다.
내 삶과 찻상이라는 새로운 세계 사이에서 가교 역할을
해준 유일무이한 장소이기 때문이다.

　어렸을 적 나는 혼자 노는 날이 많았다. 형제가 많은
집안의 엄청난 늦둥이였기 때문이다. 그런 나에게 가장
재미난 놀이터는 고모네 집이었다. 그곳에는 어린 나의
호기심을 발동시키기에 충분히 진귀한 것들이 가득 있
었다. 내가 왜 이리도 찻상이라는 공간에 진한 애착을 보
이며 그것을 창조하려 하는지에 대한 답이 유년 시기의
내 놀이터에 숨어 있었다.

파리의 단골다방 로톤드

보석 같은 델라웨어 포도송이와
프랑스 자수점

고모네 집은 우리 집에서 멀지 않은 옆 동네에 있었다. 당시 그 일대에서 이 집안을 통하지 않고는 자금줄이 흐르지 않는다고 했을 만큼 어마어마한 부잣집이었다. 높은 담장으로 둘러싸인 무겁고 커다란 황색 목제 대문 앞에 다다르면 자동차용 문이 함께 보였고, 발꿈치를 들고 종 문양 초인종을 누르면 띡 소리를 내면서 그 육중한 나무 문이 자동으로 열리는 것이 나에게는 참으로 신기했다. 뒤편의 작은 쪽문을 이용하면 과일나무 정원을 가로질러 더 빨리 집으로 들어갈 수 있는데도 나는 늘 이 대문으로 억지스레 드나들곤 하였다. 안으로 들어서면 왼쪽에는 멋드러지게 조경된 정원이 있었고 오른쪽에는 자그마한 강당 크기의 새장이 있었다. 개인 주택 마당 한편

돌봄의 찻상

에 그만한 크기의 새장이라니. 지금 생각해도 말도 안 되는 엄청난 규모였다. 새장 안에는 못 되어도 수십 종 혹은 백여 종에 가까운 희귀 새들과 커다란 공작새가 살았다. 공작새의 꼬리는 보통 접혀 있었는데 간혹 꼬리를 활짝 펼치기라도 하면 눈에 비친 그 오색찬란함과 신비함에 머리가 어지러울 지경이었다.

아름답게 펼쳐진 정원과 새장이 훤히 내다보이는 현관문을 열면 시원하게 트인 높은 거실이 드러났다. 천장에는 화려한 샹들리에가 걸려 있었고 거실 바닥에는 굴곡이 희한하게 져서 못생겨먹은 조형물 같다고 생각한 원목 탁자가 있었다. 자기와 분재가 장식된 응접실을 지나쳐 이층 계단을 오르면 내겐 신비의 공간인, 피아노가 있는 고모네 막내언니 방으로 통했다. 그 피아노의 자태가 어찌나 고고하고 아름다운지 방문을 열면 정면으로 보이는 그것을 한참이나 쳐다보았다. 이 방은 일곱 살배기의 머릿속을 완전히 홀렸던 찻상이 늘 존재한 공간이기도 했다.

남 부러울 것 없는 부유한 집안에서 자란 막내언니는 친척들 사이에서도 소위 새침하고 도도하기 짝이 없는 몽총한 아가씨 그 자체였던 것 같다. 그렇게 쌀쌀했던 언니였지만 유난히 나를 어여삐 여겼다. 당시 대학교 4학년이었던 언니는 수업을 일찍 마치고 집에 있는 날이 많앉다. 그리고 늘 그 넓디넓은 응접실에서 예쁘게 차려진 다과를 혼자 먹곤 하였는데 내가 오면 이리 오라고 하면서 자신 옆에 나란히 앉혀 다과를 먹이곤 하였다.

다과상 위에는 하얗게 반짝이는 유럽식 다구들과 역시 서양에서 들여온 듯한 고급스러운 다과 그리고 지금까지도 잊히지 않는 델라웨어 포도가 늘상 올라 있었다. 처음 이 포도를 보았을 때 동화책 《알리바바와 40인의 도둑》에서 본, 보물창고 속 포도송이 같은 보석처럼 생겼다고 생각했다. 여린 갈색빛 알이 어린 내 눈에도 참으로 초롱초롱해 보였다. 찻잔 안에 어떠한 차가 담겨 있었는지는 모른다. 그저 언니의 다과상에 늘 올라 있던 델라웨어 포도만이 기억에 남아 있다. 그 집은 워낙 풍족한 데다 막내딸이 좋아했기에 그 당시 비쌌던 과일을 집에 끊이지 않고 쟁여두었을 것이다.

집안에 큰 행사가 있어 친척들로 북적이는 날에도 언니는 피아노가 있는 자신의 방에 작은 다과상을 놓고 티타임을 가졌다. 초등학교 다니는 다른 언니오빠들과 새장 앞에 옹기종기 모여 앉아 놀고 있으면 막내언니는 이층 자신 방의 창문을 열고 "연희야" 하며 나를 따로 불러냈다. 이층으로 총총 올라가 방문을 열면 화사하게 빛나는 다과상 앞에 앉은 언니가 델라웨어 포도를 내밀며 앉으라 손짓했다.

그 웅장하고 멋스러운 피아노 옆에 차린 다과상 앞에 언니와 함께 둘러앉아 포도를 똑똑 따서 먹고 있으면, 언니는 동그랗고 커서 쏟아질 것 같다고 했던 나의 두 눈을 빤히 들여다보며 싱긋 웃곤 하였다. 세월이 흘러 내가 찻상의 세계로 들어온 후에야 일곱 살경 고모네 막내언니와 함께했던 그 시간이 오후의 티타임이라는 사실을 깨달았다.

고모네 집에는 둘째 새언니가 있는 날이 많았다. 그녀는 어느 대단한 부잣집 무남독녀로 시집 올 때 대형 트럭 두 대에 혼수품을 가득 싣고 왔다고 한다. 키도 적당히 크고 풍채가 좋았고, 피부가 그야말로 백옥처럼 희어 귀티가 줄줄 흐르고 몹시 애교스러운 사람이었다. 당시 검은 유니폼을 입은 여자들이 커다랗고 무겁게 생긴 새까만 화장품 가방을 들고 부잣집 방문 마사지를 하러 다녔는데, 그들이 오면 마사지를 받는 일이 그녀의 주요 일과였다. 두 여자가 한 팀으로 오곤 했고, 그중 하나가 능수능란한 손길로 새언니의 얼굴을 두드려 젖히며 마사지를 하는 동안 또 다른 여자는 막 태어난 갓난아이를 안고 어르는 일을 하였다. 나는 그것이 몹시도 신기하고 재밌어 저만치 앉아 구경하곤 하였다.

어느 날 그녀는 그러한 생활도 하루 이틀이지 자신이 생각해도 이건 아니다 싶었나 보다. 시외숙부가 되는 나의 아빠에게 사정을 얘기하며 시부모는 반대할 것이 불 보듯 뻔하니 비밀리에 가게 자리 좀 알아봐 달라고 부탁했다. 그리고 친정에서 돈을 끌어와 시내에 프랑스 자수점을 열었다.

그녀가 가게를 오픈하자 아빠는 나의 손을 잡고 프랑스 자수점을 방문하였다. 내부는 상당히 아담하였고 고급스럽고 아기자기하게 장식되어 있었다. 지금 생각해보면 프랑스 자수점에 걸맞게 유럽풍으로 꾸몄던 것 같다. 그녀는 가게 중앙에 놓인 응접 테이블 앞에 나를 앉히고 손님 접대용으로 친정에서 보내왔다며 개별 포장된 각양각색 모양의 프랑스 수제 초콜릿을 내놓았다. 내가 아빠를 빤히 올려다보자 아빠는 포장지를 벗겨낸 뒤 손에 살며시 쥐여주었다. 그토록 예쁘고 달콤했던 초콜릿은 난생처음이었다. 둘째 새언니라는 사람과 나 사이에 어떠한 직접적인 이벤트가 없었음에도 내가 그녀라는 사람을 누구보다 선명하게 묘사할 수 있고 그날을 이토록 세세하게 기억하는 이유는 그날이 아버지와 마지막으로 외출한 날이었기 때문이다. 그때 나는 일곱 살이었지만 학교에 일찍 들어가 초등학교 1학년이었다. 가을 운동회를 앞두고 있던 초가을 이후부터 아버지를 볼 수 없었다.

아버지는 조용히 사색하는 것을 즐긴 사람이었는지

아니면 그저 생각이 많았던 사람이었는지 홀로 낚시 가기를 사랑했다. 가끔 어린 나도 데려간 기억이 있긴 하지만 나는 원체 다른 형제와는 다르게 엄마 껌딱지였기에 아버지와 외출한 적이 그다지 많지 않았다. 그런데 아버지는 그날 굳이 어린 막내딸의 손을 잡고 프랑스 자수점이라는 곳에 방문하였다. 어쩌면 앞으로 펼쳐질 내 인생에 지대한 영향을 미치게 될 그곳에 말이다.

이 시기가 내가 고모네 막내언니와 함께 찻상놀이를 한 기억으로 가득한 시절이다. 나는 너무 어려 현실이 어떻게 돌아가고 있는지 정확히 이해할 수 없었기에 그저 막연한 슬픔만을 가슴속에 억누르고 있었다. 그리고 그런 나만 보면 방그레 웃으며 자신이 그토록 좋아하는 델라웨어 포도가 있는 찻상에 흔쾌히 끌어들여준 언니의 애정. 그 사랑의 상징과도 같았던 찻상 앞에서의 유대감만이 내겐 세상의 전부였다. 고모네 집 전체에서 흘러나오던 하늘거리는 빛, 실내 장식의 고즈넉함, 그리고 극도로 세련된 피아노와 이층 언니방, 그 모든 게 내가 최초로 기억하는 찻상 무대이며 찻상놀이다. 고모네 집 곳곳에는 내 삶을 창조한 많은 상징이 그려져 있다.

조건이 붙지 않는 그저 좋은 감정, 그것이 바로 사랑이다. 이러한 사랑의 감정은 최고로 긍정적인 파동과 열망을 생산하며 또 다른 막강한 긍정의 힘을 삶에 부여하는 것이 아닐까. 부정적인 사고 속에서는 절대로 나올 수 없는 힘이다. 일곱 살배기 눈에 선명하게 드리운, 화사한 다과상은 유년기 속 보드라운 사랑의 공간이었다. 그리고 조용히 내 삶을 지탱해온 실낱같은 희망의 고리였다.

어른이 된 나는 파리 방돔 광장의 그 일본 다실에서, 유년 시절 찻상 앞에서 어떠한 사랑을 보고 듣고 만지며 느꼈던 나와 정면으로 마주한 것 같았다. 그토록 오랜 세월이 흐른 후에야 그 시기 경험하였던 찻상놀이가 공감과 치유의 거대한 광채였음을 이해하게 되었다. 이 명쾌한 에너지를 깨닫기 위해 오랫동안 내 안의 세포들은 아주 분주하게 시공간을 넘나들며 파악을 하고 있었던 것만 같다. 흡사 톱니바퀴가 맞아 떨어질 때처럼 찰칵찰칵 소리가 아주 신명나고도 분명하게 울려댔다.

아날로그 시대의 런던 찻상

초라한 책상 위의 얼그레이

내가 처음 유럽 땅을 밟은 때는 2000년 초봄이었다. 당시 갓 스무 살로 거칠 것 없었던 나는 세상에 대한 두려움보다는 호기심과 설렘을 품었고, 다니던 음대를 잠시 쉬고 그렇게 밖으로 나와 런던에 도착했다. 한국인으로 나고 자랐지만 그간 20년 가까이 여러 외국에서 살면서 느낀 것이 있다면 나라와도 인연과 궁합이 있다는 것이다. 삶에서 억지로 끼워 맞춘다 해도 내 것이 아닌 것은 자연스레 틀어지고 크게 미련 두지 않고 설렁설렁하게 생각하였던 것들이 결국 끝까지 합류해 있는 것을 보면 말이다. 나의 20년을 함께해온 런던, 파리, 뉴욕에 공통점이 있다면, 이 세 도시마다 항상 나만의 찻상이라는 공간이 존재해왔다는 것이다. 나와 찻상의 본격적인 인연은 런던에서부터 시작한다.

2000년도는 20세기의 끝자락으로 세계 곳곳에서 인터넷과 개인 휴대전화 사용이 점차 번지던, 그야말로 아날로그와 디지털의 접경 시기였다. 유럽은 미국이나 여러 아시아 국가에 비해 새로운 도약의 속도가 굉장히 더디고 느린 편이다. 그때까지만 해도 유럽의 풍속은 여전히 아날로그 방식에 철저히 맞추어져 있었다. 런던 역시 가스등이 거리 곳곳에서 심심치 않게 보였으며, 그에 어울리는 예스러운 분위기와 습관들이 도시 전반에서 묻어 나왔다.

런던 시내에 자리한 대영박물관 바로 앞, 20세기의 천재 작가 버지니아 울프가 활동했던 블룸즈버리로 통하는 그곳에 기숙사가 있었다. 어느 부유한 개인이 소유했던 건물이 사후 나라에 기증되어 학생 기숙사로 만들어진 것이라고 한다. 집세 비싸기로 유명한 런던에서 당시 평균 금액의 반도 안 되는 저렴한 비용으로 방 하나를 얻을 수 있었기에 학생들 사이에서 치열한 경쟁이 오갔다.

나는 몇 번의 방문을 통해 직접 쓴 편지를 총괄 매니저에게 전달하면서 인터뷰 기회를 얻은 뒤 너무 운 좋게 그 기숙사에 들어갈 수 있었고, 육층 어느 방(호실은 기억나지 않는다)으로 배정받았다. 매 층 복도의 벽에는 투박하게 생겨먹은 옛날식 검정 전화기가 달려 있었다. 당시 개인 휴대전화가 완전히 일반화되지 않았던 시기였기에 누군가가 기숙사 대표번호로 전화를 걸어 찾는 방 번호를 대면 기숙사 리셉션에서 그 층 전화기로 연결해주는 시스템이었다. 우렁차게 전화벨이 울리면 누구든 방을 뛰쳐나와 긴 복도를 총알같이 달려 전화를 받은 뒤 상대방이 찾는 방으로 다시 달려가 방문을 두드려 전화가 왔다고 알려주는, 그야말로 올드패션드함의 결정판이었다. 지금 시대에서는 과히 상상하기도 귀찮을 아날로그 방식이었지만 내가 20년 전 그 시절을 이토록 세세히 기억하는 것을 보면 귀찮음을 넘어선 어떠한 낭만이 그 시간 속에 존재했던 듯하다. 게다가 전화벨이 울릴 때마다 받는 사람은 대체로 나이기도 했다. 내 방 바로 옆에 전화기가 걸려 있었던 것이 이유였는데, 나중에는 내가 육층의 전화 담당자처럼 되어버렸다.

기숙사 안의 부대 시설 또한 굉장히 클래식했는데, 리셉션으로 통하는 일층에는 피아노가 딸린 음악 연습실이 있었다. 연습하고 싶은 날짜를 리셉션 담당자에게 얘기하면 담당자가 책상 서랍에서 커다란 검은색 장부를 꺼내 펜으로 일일이 기록해두는 식으로 연습실 예약이 이루어졌다. 디포짓으로 50펜스를 내면 연습실 열쇠를 받을 수 있었고 연습이 끝난 후 반납하면 50펜스를 돌려주었다. 지금 생각하면 성가시지만 나름 참으로 귀여운 기숙사 규율이었다.

연습실은 영국식 창문이 여러 개 난 꽤 넓은 방이었는데, 창밖으로 대영박물관이 바로 내다보였으며 거리를 오가는 런던 시민들도 훤히 볼 수 있었다. 한구석에는 낡은 구식 피아노가 있었다. 나는 그곳에서 때때로 플루트 연습을 했으며, 오래되어 줄 끊어지는 듯한 소리를 내는 피아노도 쳤다.

영국은 산업혁명이 일어난 빅토리아 시대에 인도와 스리랑카에서 성공적으로 홍차 생산을 이루어냈다. 그들이 유난스럽게 탐닉했던 차에 대한 사랑은 이내 정점을 찍어 동아시아에 이어 찻상문화를 가진 나라로 자리를 잡는 기틀을 마련했다. 19세기 영국을 대표하는 여러 홍차 회사들도 생겨났고, 현재도 유명한 트와이닝, 포트넘앤메이슨, 위타드 같은 브랜드의 분점이 런던 시내 곳곳에 자리 잡고 있다.

당시 기숙사 근처에 있던 홍차 가게 옆을 지날 때면 거리로 퍼져나오는 차향이 이루 말할 수 없이 향기롭고 달콤했다. 나는 홍차에 대해 잘 알지는 못해도 종종 그곳에 들어가 기분 좋은 향을 맡으며 이 세계에 재미를 붙이기 시작했다. 예쁜 틴케이스에 담긴 수많은 종류의 차와 신기한 다구들을 구경하는 것은 외로운 런던 생활에서 크나큰 기쁨이자 놀이가 되었더랬다. 그곳에서 난생처음

포트넘앤메이슨

으로 티백으로 된 얼그레이Earl Grey* 홍차를 사서, 영국 사람들처럼 물을 끓여 티백을 우리고 저온 살균된 우유를 부어 휙휙 저었을 뿐인(당시에도 나는 설탕을 넣지 않았다) 영국식 밀크티를 만들었다.

런던은 높은 집세와 교통비로 정평난 도시지만 실상 식품 가격은 어느 나라보다 안정적이었던 것이 상당히 인상적이었는데, 슈퍼마켓에 가면 과자 코너에 크게 자리 잡고 있던 영국 국민과자 다이제스티브는 당시 가격으로 65펜스(약 900원)면 내 팔뚝만큼 긴 사이즈로 살 수 있었다. 크래커 하나하나가 통통하며 내 손바닥보다 컸다. 통곡물이 그대로 씹히는 감칠맛과 달콤함이 어우러진 다이제스티브 다섯 조각과 영국식 밀크티는 때로는 나의 점심이자 간식이었다. 방을 나와 엘리베이터를 타고 공용 기숙사 부엌으로 내려가 요리를 하는 것이 귀찮기도 했거니와, 친구들이 방문하기라도 하면 영국의 어느 가정집 주인처럼 내 방 책상을 티테이블 삼아 전기포트 하나 놓고 나만의 밀크티를 만들어 대접하는, 홍차 레이디 흉내가 여간 재미난 게 아니었기 때문이다.

기숙사에는 다른 한국인 여학생

* 베르가모트라는 식물의 향을 첨가해 만든 홍차. 19세기 영국에서 중국의 정산소종正山小種의 유사품을 만들기 위해 개발되었으며, 당시 이 차를 애호한 찰스 그레이 백작의 이름을 따라 명명되었다고 한다.

밀크티와
다이제스티브

들도 있었는데 모두 나보다 나이가 위였다. 가끔 내 방에
방문하면 나는 홍차를 우려 다이제스티브와 함께 대접
했는데 그것이 꽤 그럴싸해 보였는지 이후에는 두세 명
씩 짝을 지어 집단으로 방문하는 일이 잦아졌다.

　그런데 사실 그들의 주된 방문 이유는 나의 밀크티를
맛보기 위해서가 아니었다. 당시 내 룸메이트는 스페인
출신 친구였는데 기숙사의 규율이 불편하다며 자유를
찾아 따로 방을 얻어 나가버렸다. 이후 한동안 나는 투베
드를 혼자서 사용하는 영광을 누리게 되었는데 몇 주가
지나도 룸메이트가 들어올 기미가 없자 언니들 사이에
서 소문이 퍼진 것이었다. 공용으로 사용하는 확 트인 응
접실이나 부엌보다는 한국 사람끼리만 모일 수 있었던
아늑한 곳이 바로 룸메이트 없는 내 방이었다. 언니들은

올 적마다 간식거리를 손에 들고 방문했고, 내 침대 맞은편 주인 없는 침대는 소파로 변신했으며, 빈 책상은 티테이블이 되었다. 방 안은 언니들이 가져온 비스킷을 비롯한 여러 과자와 내가 우린 밀크티를 맛보며 재잘거리는 수다 소리로 꽉 찼다.

모든 것이 그저 아쉬울 수밖에 없는 학생들이 사는 기숙사인지라 간혹 웃지 못할 광경이 펼쳐지곤 했다. 누가 고국으로 돌아간다는 긴급 정보를 입수하면 놔두고 가는 물건들을 서로 갖기 위해 소위 세간살이 쟁탈전이 벌어졌다. 해당 인물이 떠나는 날 열쇠를 사감에게 반납하려면 아침 일찍 부엌의 개인 캐비닛을 열어두고 가야 했는데, 언니들은 꼭두새벽부터 일어나 대기하고 있다가 캐비닛 문이 열리자마자 순식간에 쟁탈해갔다. 나처럼 가장 어린 막내는 서열상 낄 수 없었지만 그럼에도 좋았던 것은 찻잔들이 나오면 "이건 연희 방에 갖다놔"라는 말이 의례적으로 나온 것이었다. 내 방 창가 테이블에는 그렇게 찻잔들이 늘어나게 되었는데, 찻잔이라고 해봤자 별거 아니었다. 손잡이만 붙어 있으면 색과 모양이 어떻든 모든 찻잔이 좋아 보인 시절이었다. 어찌나 뿌듯한지 다구와 다식이 켜켜이 쌓인 창가 모퉁이의 그 공간은 내가 부자라도 된 양 느끼게 해주었다.

경쟁이 항상 치열했던 기숙사였는데 이상하게도 두

어 달이 훌쩍 지난 후에야 새로운 룸메이트가 들어오게 되었다. 그러면서 자연스레 나의 홍차 살롱 레이디 역할도 끝났지만 그 시간 안에서 나와 한국인 언니들은 잠시나마 밀크티를 핑계 삼아 서로에게 집중하고 타지 생활의 고달픔을 위로할 수 있었다.

내 방에는 커다란 창문이 나 있었는데 밀크티를 우리며 밖을 내다보면 비를 품은 우중충한 하늘과 건물들이 한눈에 보였다. 한국의 대체로 예측 가능한 날씨와 뚜렷한 사계절과 달리 변덕이 심한 영국 날씨는 유학 초창기에 감정적으로나 물리적으로나 나를 휘둘렀다. 화창하다가도 뒤돌아서면 어느새 비가 내리는 종 잡을 수 없는 날씨를 핑계 삼아 나는 덩달아 악기 연습을 미루거나 약속을 취소하였다. 그러다가 어느 순간 이는 그렇게 여기고픈 내 마음이 빚어내는 부정성 때문이었다는 사실을 깨닫게 되었다.

내가 창조하고자 하는 하루가 습관에 무기력하게 조종되어 충분히 엉망이 될 수 있음을 알고 나는 상황 탓을 멈추기 시작했다. 내가 무엇에 집중하건 그 에너지 값은 복리 현상으로 계속해서 커지며 어느 순간 정신의 습관으로 자리한다는 사실을 비로소 이해했던 것이다. 또 유학 생활에서 모든 것을 혼자서 해결하고 처리해야 했기 때문에 사고를 전환해야 할 필요가 있었다.

그리고 이를 또 다른 미학으로 바라보기 시작했다. 하루에도 수차례 느닷없이 내리는 빗줄기마저 현재 내 삶의 일부로 받아들이기 위해, 습하고 서늘한 기온을 따뜻한 밀크티와 제법 어울리는 찻상의 멋으로 받아들이기 시작했던 것이다. 그랬더니 차가운 비는 더 이상 불편한 존재가 아닌, 밀크티를 우려낼 때의 즐거움으로 찾아와 일상의 낭만이 되었다. 그때부터 비를 바라보는 일이 나의 찻상미학 속으로 사랑스럽게 묶여 자리했으며, 지금도 나는 비 오는 날이면 홍차를 우리고 싶어진다.

나는 아슬아슬하게, 그리고 너무나 운 좋게 런던에서 아날로그 시대 끝자락을 경험했다. 내 기억 속에 아름다운 흑백 사진처럼 장식되어 있는 그 클래식했던 기숙사도 현재 완전히 다른 모습으로 자리하고 있으며, 이제 런던 시내 어디에서도 가스등은 보이지 않는다. 한국 식품을 사기 위해 가야 했던 소호를 이제는 굳이 찾을 필요가 없을 만큼 시내 곳곳에 한국 식품점도 들어와 있다. 런던 역시 21세기를 살아가고 있다.

그럼에도 다행인 것은 사람은 순간을 살아가는 힘을 갖고 있다는 것이다. 찰나에 불과하더라도 내 삶에 온전히 집중할 때 그 느낌과 냄새, 모습은 뇌를 통해 기억되고 심장을 통해 추억으로 남는다. 이를 노스탤지어라고도 부르며, 아무리 시대가 변하더라도 생애 순간순간의 멋,

'설렘'이란 인간 삶의 변질될 수 없는 미학 중 하나일 것이다. 순간에 집중하며 살아가면서 어느덧 우리 스스로가 힘겨웠던 시간들을 어떤 의미 있는 것들로 재창조했음을 자연스레 알아차릴 때 느끼는 이 불가사의한 '설렘'이야말로 바로 무섭도록 아름다운 삶의 미학이라고 생각한다. 스무 살 적, 낯선 도시에서의 그 초라한 책상 위 얼그레이 한 잔이 내 삶의 미학으로 남아 있듯이 말이다.

차 한 잔은 나에게 그 이상의 가치를 지닌다. 차를 우려 마시는 행위를 통해 나는 그렇게 순간을 사는 법을 배운다. 지금도 얼그레이를 마실 때 유독 까다로운 성향을 보이는 것은 아마 무의식에 내재된 그 시절의 향수 탓이 아닐까 한다. 그리고 그때로 돌아가지 않는 이상 내 머릿속에 각인된 그 강렬한 향은 다시 발견하지 못할 것 같다.

어설픈 연주의 대가로 받은 최고의 찻상

2000년 런던, 어느 오후였다. 기숙사 층층마다 벽에 달린 투박한 옛날식 검정 전화기가 쩌렁쩌렁 울려댄다. 왠지 나의 전화일 것 같은 강한 예감을 느끼며 방문을 열고 바로 옆쪽에 걸린 수화기를 집어든다. 아니다 다를까 내 방 번호와 함께 연희라는 사람을 찾는다. 저예요, 하고 답하니 올소울 교회All Soul Church인데 몇 주 전 신청한 교회 오케스트라에 공석이 났으니 이번 주 일요일부터 나올 수 있느냐는 것이었다. 예배 전에 연습을 해야 하니 일찍 나와야 한단다.

일요일 아침에 나는 일찌감치 악기 가방을 챙겨 들고 교회로 향했다. 토트넘코트 거리를 빠져나와 옥스퍼드 거리를 쭉 걸어 올라가면 커다란 사거리가 나오는데, 바로 오른쪽으로 고개를 돌리면 위엄 있는 올소울 교회가 정면으로 보인다.

내가 어쩌다가 이 교회 오케스트라에 지원하였는지는 정확히 기억나지 않는다. 당시 옆방에 바이올린을 켜는 영국인 학생이 살고 있었는데, 룸메이트 없는 싱글룸을 사용한 그 친구는 아래층 음악실을 사용하지 않고 늘 자신의 방에서 연습을 했다. 일요일마다 교회에서 연주를 한다는 그녀 말에 호기심이 발동하여 내가 세세히 묻지 않았나 싶다.

내겐 외국 생활을 시작하면서 생긴 습관이 하나 있는데, 그건 바로 시간표를 채울 수 있는 일정들을 열렬히 찾아내는 것이다. 그렇지 않으면 그 시간들이 외로움으로 메워지며 그 고독감이 이루 말할 수 없이 괴롭다는 사실을 나는 일찍부터 깨달았다. 그래서 일요일을 채울 수 있는 일과를 갖기 위해 교회에 찾아가 오케스트라 단원이 되고 싶다고 지원하였으리라. 그 친구는 옥스퍼드 쪽으로 나가면 올소울이라는 아주 큰 교회가 있는데 거기

돌봄의 찻상

에 한번 가보라고 제안했다. 그날 마침 음악 담당자가 교회에 있었고 짧은 대화를 나눈 뒤 기숙사 전화번호와 이름을 남기고 왔다. 교회에 대해 무지했던 나는 이곳이 상당히 유서 깊은 교회로, 영국에서 꽤 알려진 명소라는 사실을 나중에 지인을 통해 알게 되었다.

오케스트라에서 나는 가장 어린 막내였다. 멤버들은 모두 다 나이 든 아저씨들이었으며 대부분이 전문 연주자들이었다. 그 틈에서 나는 선생님뻘 되는 그분들이 시키는 대로 하면서 그냥 놀러다니듯이 일요일마다 찾아갔다. 음악 담당자는 아래층에서 연주자들에게 티테이블을 제공하니 예배가 끝나면 그냥 가지 말고 먹고 가라고 했다.

예배실을 빠져나와 계단을 내려가면 찻상이 놓인 차실이 있었다. 장식 하나 없이 넓다란 테이블만이 중앙에 자리해 볼품없이 그저 휑한 느낌이었다. 테이블 옆 커다란 온수통에서는 뜨거운 물이 끓었고 무늬 하나 없는 지루하게 생긴 찻잔들만이 가지런히 놓여 있었다. 지금 생각해보면 너무도 초라한 찻상이었다. 당연히 차는 잎차가 아닌 슈퍼마켓에서 파는 가장 저렴한 티백 차였다. "세상에서 가장 얇은 책 중 하나는 영국의 요리책이다"라는 말이 있다. 티푸드로 프랑스 과자인 마카롱이나 타르트 같은 것은 꿈도 꿀 수 없었다. 슈퍼마켓에 흔히 널린 쇼트브레드와 딸기잼 쿠키 정도가 늘 테이블 위에 놓여 있었다. 아저씨들은 뭐가 그리 바쁜지 연주가 끝나면 늘상 바로 떠났기에 그들과 티타임 한 번 가진 적이 없었다. 그 찻상은 늘 나만의 공간이었다.

차실 안에 들어서면 나는 가장 먼저 테이블에 차려진 과자 하나를 날름 집어 입에 넣었다. 이젠 제법 몸에 익었는지 티백을 넣은 찻잔에 우유를 붓고 휙휙 저어 능수능란하게 영국식 밀크티를 만들었다. 그리고 멋이라곤 하나도 없는 텅 빈 방에서 고즈넉하게 티타임을 가졌다. 그 시절 나의 고독한 일상에서 유일하게 손꼽아 기다렸던 순간은, 일요일마다 오케스트라를 핑계 삼아 벌어진 찻상놀이 시간이었다.

이젠 차맛과 향에 따라 무슨 다식이 어울리는지 그 조화를 판별하며 찻상을 즐기곤 하지만, 그저 버터향 가득하고 찐득하기만 했던 슈퍼마켓 쿠키와 떫은 싸구려 홍차가 있던 그 촌스러운 찻상이 지금까지도 나에게는 가장 멋스러운 영국식 찻상으로 남아 있다. 그간 어느 고급 호텔 티룸들에서 수없이 겪어온 수려하고 반짝이는 애프터눈티 찻상들도 이때의 찻상에 비할 바가 못 된다. 세상 물정 몰랐던 스무 살 적, 외로움에 지배당하는 시간을 차단하기 위해 낯선 교회로 제 발로 찾아들어가 별 신통치 않은 연주의 대가로 받은 인생 최초의 영국식 찻상이었기 때문이다.

그 시절 나의 생활 반경이자 놀이터는, 사계절마다 옷을 갈아입는 모습이 매우 아름다운 공원을 가로질러 세인츠버리 슈퍼마켓으로 가는 길, 그리고 피카딜리 광장을 지나면 한눈에 들어오는 트라팔가 광장의 내셔널갤러리 근방이었다.

런던의 뮤지엄들은 다른 유럽 국가들의 뮤지엄과는 다르게 입장료를 받지 않아 구경하기 쉬운 편이다. 나는 기숙사 코앞에 있는 대영박물관에는 그다지 관심을 갖지 않았지만 내셔널갤러리에 가는 것은 참으로 좋아했으며, 그 뒤편을 나의 산책지로 삼아 표도 안 날 만큼 곳곳에 숨어 있는 작은 개인 갤러리들을 하나하나 찾아 그림을 구경하곤 하였다.

규모가 상당히 큰 올소울 교회 내부에서는 다양한 프로그램들이 진행되었다. 어느 날 여느 때처럼 야무지게 티타임을 가진 뒤 집에 가려고 교회 문을 나서는데 어떤 동양인 학생이 나를 불러세웠다. 그녀가 설명하길, 교회에 학생부가 있는데 별 대단한 것은 아니고 그냥 예배 끝나면 함께 모여 어울리거나 정보를 교환하는 곳이라면서 입부를 권했다. 나는 흔쾌히 알았다고 했다. 굉장히 모범생처럼 보이는 또래들과 교류하는 것이 나쁘지 않을 듯했기 때문이다.

당시 대만인 유학생이 유난히 많았던 교회로 기억한다. 나는 어김없이 거기서도 막내였으며 그들을 언니오빠라 생각하며 따랐고 그들도 나를 귀여워해주었다. 그 모임에는 한국인 학생도 있었다. 미국에서 왔다는 그녀는 나보다 두 살가량 위였고 한국어가 서툴렀다. 그럼에도 같은 한국인이라는 동질감 때문일까. 우리는 금세 친해졌다.

참으로 얌전했던 그녀는 런던에 종교학을 공부하러 왔다고 했다. 사는 곳도 나의 기숙사에서 그다지 멀지 않은 블룸즈버리 근방이었다. 무거운 뮤지엄보다는 작은 갤러리들을 찾아 이름 없는 그림들을 보는 것을 좋아한다는 그녀와 함께 일요일 교회 예배가 끝나면 내셔널갤러리 뒤편 곳곳에 자리한 개인 갤러리들을 찾아 저녁 무렵까지 구경다니곤 했다. 집으로 돌아오는 길에는 노점 시장의 일본 과자 가게에서 쌀과자를 사서 나눠 먹었다.

어느 날 그녀를 기숙사에 초대해 카레라이스를 만들어주었다. 그랬더니 며칠 후 자신의 숙소는 학교와 연결된 기숙사이기에 외부인을 들여 마음대로 취사를 할 수 없고 식사 대접을 못 해줘서 미안하다며 대신 커피를 대접해주겠단다. 런던이 아무리 비가 자주 내리는 도시라고 해도 가랑비나 이슬비 같은 여린 빗줄기나 내리지 큰 비가 자주 오는 도시는 아니다. 그런데 그날은 빗방울이 아스팔트 도로를 치는 소리가 요란하게 울릴 만큼 비가 억수같이 내렸다. 늦은 오후에 그녀와 나는 내 기숙사 앞에서 만나 나란히 우산을 쓰고 뮤지엄 거리를 빠져나와 큰 도로변에 있는 영국의 대표 커피 체인점 카페네로Caffè Nero를 찾았다.

과연 몇 사람이나 앉을 수 있을까 싶은 귀여우리만치 작은 공간이었다. 모든 의자가 안락한 소파형이어서 공간의 아늑함이 더욱 살아났다. 우리는 테이블 앞에 둘러앉았고 그녀는 커피로 보답을 하는 것이 미안했던지 좀 비싼 것을 시키란다. 내가 커피를 잘 모른다 하였더니 그럼 카푸치노와 홍차를 시켜 함께 마셔보자고 제안했다.

요즘처럼 일회용 종이컵이 아닌 주둥이가 넓은 하얀 영국식 찻잔에 흰 거품을 가득 올린 카푸치노와 홍차, 크루아상과 머핀이 함께 나왔다. 비바람이 세차게 몰아치던 날 하나는 한국에서, 또 하나는 미국에서 날아온 두 촌뜨기의 카페 나들이였다. 그녀는 자신의 지갑 속을 구경시켜주겠다며 미국 지폐와 사진들을 보여주며 개인적인 이야기를 들려주었다. 그러고는 행운을 가져다줄 테니 간직하라면서 1달러짜리 지폐 하나를 내 손에 쥐여주었다.

이후 나는 한국으로 돌아갔고 그녀 역시 미국으로 돌아가면서 우리는 자연스레 연락이 끊겼다. 사람의 앞날은 예측할 수 없다지만 이때로부터 10년 뒤 내가 뉴욕 맨해튼에 살게 될지 어찌 짐작이나 할 수 있었겠나. 그녀가 꼭 간직하라며 손에 쥐여준 그 1달러짜리 지폐는 단 한 번도 내 지갑 속을 떠난 적이 없었다. 비바람이 그토록 세차게 몰아치던 날 런던 시내 한복판에서 난생처음 마셔보았던 카푸치노와 그녀와의 시간 또한 나는 잊을 수가 없다. 맨해튼과 뉴저지는 주만 다를 뿐이지 바로 옆에 붙어 있는 동네나 마찬가지인데 미국 한인사회가 워낙 거대한지라 한인 사이트를 통해 뉴저지에서 왔다는 그녀를 수소문해보아도 찾을 수 없었다.

지금도 가끔 런던을 방문해 길을 걷다가 카페네로를 마주치노라면 순수했던 시절 각자에게 몹시도 이질적인 공간이었을 런던이라는 도시에서 나는, 그 애잔함이 묻어 있는 우정이 생각난다. 나는 지금도 여전히 커피에 대해서는 잘 모른다. 그녀의 차분한 분위기를 닮은 홍차를 엄선해 정성 들여 우려낸 뒤 최고로 멋들어진 찻상을 차려 이젠 내가 너에게 행운을 줄 차례라며 마음을 다해 선사할 수 있건만, 결국 과거의 시간 속에 묻어두어야 하는 인연인가 보다.

돌봄의 찻상

파리에서는 누구나 단골다방을 갖고 있다

나의 단골다방, 전통 있는 로톤드

나와 남편은 각자의 취향에 따라 서로 다른 단골다방을 가지고 있으며, 집을 나서면 뒤도 안 돌아보고 자신만의 단골다방으로 직행하는 사람들이다. 파리 좌안에 있는 카페드플로르Cafe de Flore는 우리 사이에서는 남편의 서재로 통했다. 19세기 말에 영업을 시작한 이래 카뮈, 헤밍웨이, 사르트르, 보부아르 등이 작품 활동을 했고 정치가나 영화배우 등의 저명 인사가 자주 찾는 유서 깊은 카페다. 남편은 이곳에서 독서하거나 작업하거나 사람들과 약속을 잡고 만나는 등 거의 모든 일상생활을 처리했다. 한편 우리 집에서 한 블록 떨어진, 강렬한 붉은색 벨벳 커튼이 상징 같은 로톤드는 나의 단골다방이었다.

원래 나의 파리 단골다방은 세브르바빌론의 오아시

스여학생기숙사에 살던 유학 시절부터 드나들었던 세브르Sèvres 다방이었다. 그런데 결혼해서 다시 파리 생활을 시작한 뒤로는 세브르 다방에서 몇 정거장 떨어진 로톤드가 나의 일상에 들어오게 되었다. 이곳에서 혼자 차를 마시거나 친구와 아페리티프Apéritif* 타임을 갖거나 주말 오전에 브런치를 먹곤 했다. 혹은 뉴욕에서 지인이 방문하면, 프랑스 문화의 핵심 중 하나인 다방문화를 경험시켜주기 위해 이곳으로 초대했다.

2017년, 마크롱 대통령이 대선 후보이던 시절 로톤드에서 결선 진출 축하연을 열어 이슈가 된 적이 있다. 로톤드 역시 꽤 전통 있는 파리 명소 중 하나이기에 고급스러워 보이는 비스트로에서 벌써부터 축하 자리를 가졌다며 비난을 받은 모양이다. 게다가 마크롱 후보는 부유한 자본가 이미지를 가지고 있었기에 이는 더욱 문제가 되었다. 그날 나는 퍼트리셔 네이글 선생님 밑에서 함께 플루트를 배운 동창을 만나 실내악 문제로 한참 대화를 나누었고, 친구가 먼저 자리를 떠났다. 그런데 늦은 오후쯤 그 친구가 전화를 해 흥분한 어조로 혹시 너 있을 때 마크롱 후보를 보았냐고 묻는 것

* 저녁식사 전 5~7시 사이에 식전주나 샴페인으로 기분을 전환하고 입맛을 돋우는 시간으로, 프랑스인들에게 무엇보다 중요한 대화의 시간이기도 하다. 프랑스에서는 굳이 디너 약속이 아니더라도 지인들과 아페리티프 약속이나 초대가 상당히 보편적으로 이루어지고 있다.

돌봄의 찻상

유리창에 둘러싸인 로톤드 내부

이었다. 그가 로톤드에서 저녁식사를 한 것이 이슈가 되어 지금 뉴스에 나오고 난리도 아니란다. 다행히 요리사가 직접 나와 센스 있게 인터뷰를 해서 별일은 없을 것 같다고.

사실 로톤드는 전통과 명성이 있지만 다른 유명 레스토랑에 비하면 음식값이 그리 비싸지 않다. 파리 좌안의 예의와 격, 지성적인 면모를 지키고자 부르주아스러운 부분을 극히 피하려는 태도가 로톤드의 매력이라고 할 수 있다. 그러한 고전적인 개성 때문에 어느 순간부터 내가 무척이나 애호하고 정을 주는 장소가 되어버렸다. 거기에는 내가 늘 앉는 테이블, 내가 가는 시간대에 항상 친절하게 서빙을 해주는 낯익은 웨이터들이 있다. 어느덧 그들과도 정이 들어 내가 며칠 거르기라도 하면 그동안 어디 아팠느냐며 안부를 묻곤 했다.

나에게도 어느 정도 선견지명이 있었는지 당시 이상하리만큼 글쓰기에 몰두했다. 소위 습작을 하루도 거르지 않고 해댔으며 대부분의 글쓰기가 하루 일과가 마무리된 오후에 로톤드에서 이루어졌다. 여기서 써내려간 습작은 두꺼운 일기장 몇 권 분량에 달했다. 가끔 와인 한 잔을 주문하기라도 하면 친한 웨이터가 평소 내가 자주 주문하는 밤맛 아이스크림을 한 덩어리 퍼서 비스킷과 함께 갖다주며 시원함을 맛보면서 글을 쓰라고 격려해줬다. 책을 펴내는 중이냐고 묻기에 그냥 파리에서 보내는 일상을 글로 적어보는 연습을 하고 있다고 답했다. 사람 일은 모르는 것인데 혹시라도 나중에 글을 내놓게 되거든 우리 로톤드에서 습작했다는 사실을 잊으면 안 된다는 그의 우스갯소리가 이렇게 현실화되는 것 또한 인생이겠다.

파리는 사시사철 어디서나 예술 공연이 활발히 펼쳐지는 도시다. 나는 파리에 머물 때면 친구들과 실내악 그룹을 만들어 플루트 연습을 하거나 도시 곳곳에서 열리는 크고 작은 공연에서 연주를 했다. 파리 유학 시절에 플루트를 가르쳐주신 선생님을 주기적으로 뵙고 수련하며 듀엣이 필요한 공연의 경우에는 선생님과 함께 무대에 오르기도 했다.

나는 한국에 있었을 때도 아이들 가르치는 것을 업으로 삼아왔고, 뉴욕과 파리를 오가는 삶을 시작한 뒤에도 두 도시에서 플루트를 가르쳐왔다. 하지만 이렇게 철새처럼 오가며 그때그때 단기간 교육하는 것이 아니라 한곳에 영구 정착해 성에 찰 만큼 진득하게 학생들을 오래 붙들고 더욱더 좋은 연주를 할 수 있게끔 가르치고 싶었다. 비자 걱정을 하지 않아도 되는 미국에서라면 나만의 레슨실도 열 수 있지 않을까? 나는 10년이 넘도록 뉴욕과 파리를 오가는 방랑의 삶에 큰 피로를 느꼈고 충족되지 않는 욕망에 좌절했다. 어딘가에 깊게 뿌리를 내리고 싶은 마음을 글쓰기에 쏟았으며, 습작 행위는 숨통을 틔워주는 분출구였다.

한곳에 정착하고 싶다는 욕망은 한 살 한 살 나이를 먹을수록 거세져, 어느 순간 그렇게 되도록 부지런히 애쓰는 자신을 발견하면서 마침내 파리의 생활을 접기로 결단을 내렸다. 하지만 오래 묵은 생활을 접어내는 일 또한 쉬운 것이 아님을 뼈저리게 느꼈다. 멈추고 나면 후련하고 한곳에 몰입할 수 있어서 편할 것만 같았던 마음이 점점 무거워졌다.

파리를 떠나는 마지막 순간에도 이곳에 잠시 들러 홍차와 밤맛 아이스크림를 시켜놓고 안녕을 고했다. 이별 후에 찾아온 가슴앓이는 너무 혹독해 누군가가 파리에 대해 물어보는 것조차 싫었으며 파리에 대해 그 어떠한 생각도, 대화도 하지 않았다. 이별의 아픔은 수년간 지속되었다. 이런 상실감을 경험할 만큼 그 도시와의 유대감이 컸단 말인가. 단지 내 삶 속 이국의 도시라 여겼고 이방인의 삶을 접어내면 후련해질 줄 알았건만, 어느새 그 도시의 회색빛 공기와 내가 사랑한 장소 하나하나가 내 몸의 일부가 되어버렸다는 사실을 인지했을 때 느낀 공허함이란. 그 시절 나의 일거수일투족이 몽땅 이루어진 로톤드는 몽파르나스 거리뿐만이 아니라 지금 내 가슴 속에도 뿌리내리며 살아 있다.

녹차와 마들렌이 있는 학생용 찻상

네다섯 살 되었을 무렵 엄마가 동네 은행에서 처음으로 통장을 만들어주셨다. 그 후부터 한 푼 두 푼 생겨나는 푼돈들을 은행에 넣노라면 이자와 함께 쑥쑥 불어나는 액수가 몹시도 신이 나 저금에 재미를 붙이게 되었다. 그리고 한번 넣어놓은 돈은 일절 꺼내 쓰는 법이 없었는데, 열세 살이었을 때 어린아이 통장치고 꽤 거금이 들어 있던 그 통장의 돈을 모조리 꺼내는 일이 생겼다. 피아노를 사기 위해서였다. 어떠한 끌림 때문에 그 나이에 거금을 투자하면서 불현듯 피아노를 사고 싶어 했는지는 나도 모른다. 당시 우리 동네에 있던 피아노 교습소를 다니고 있었는데, 기껏해야 바이엘이나 체르니 100번 정도 떼고 있었을 내가 집에 피아노를 사놓으면 제한 없이 마음껏 연습을 할 수 있겠다는, 뭐 그런 음악 신동적인 이유로 사려고 한 게 아님은 분명했다. 여러모로 표면적인 이유가 있었겠지만, 가장 본질적인 이유는 아마 내가 처음 차의 세계로 발을 들였던 것과 비슷한 이유가 아닐까 싶다. 고모네 막내언니 방의 피아노가 있던 풍경은 현재도 내 마음속에 아름다운 스틸컷으로 남아 있다.

당시 내가 살던 지역의 시내에는 다양한 악기점들이 즐비한 거리가 있었다. 어느 날 나는 한 중고 피아노 가게에서 이전에 음대 교수가 소유했다는, 윤기가 흐르는 레드와인색 호루겔 피아노를 보고 한눈에 반했다. 가격 흥정을 하지도 않고 바로 약간의 예약금을 지불했고, 잔금은 피아노가 집에 도착하는 날 치르기로 했다. 그리고 피아노가 들어오기로 한 날 아침, 식구들에게 오늘 피아노가 올 것이라고 일렀다. 모두 기가 막히다는 표정으로 나를 바라보았다. 지금 봐도 참으로 당돌하고 막무가내적인 면이 다분히 있던 아이로 여겨질 수 있겠다. 나는 앞으로의 인생을 주도하는 데 디딤돌이 될 첫 근육을 만들어낸 최초의 순간으로 보고 있지만 말이다. 지금도 본가에 남아 있는 그 피아노는 이제 하도 많은 건반의 줄이 끊어져 피아노로서의 기능을 잃었다. 하지만 나는 여전히 나만의 피아노가 그곳에 있음을 떠올릴 때마다 마음이 따뜻한 훈기에 휩싸이는 것을 느낀다.

2007년 1월, 학생 할인가로 가장 저렴하게 예매한 캐세이퍼시픽 항공의 비행기를 타고 인천에서 홍콩을 경유해 파리에 도착했다. 6년 전 3박4일간 짧게 파리를 방문한 기억이 있지만, 그때의 낭만적인 파리 생활을 기대해서는 안 되었다. 공항에 내리면서부터 말도 통하지 않는 이곳에서 어떻게 살아남을 수 있을까, 라는 지극히 현실적인 시각으로 이 도시를 바라보아야 했다.

우선 프랑스로 유학을 가기 위해서는 한국의 프랑스 대사관에서 인터뷰를 하고 학생 비자를 받아야 했는데,

인터뷰 직후 나는 일찍이 런던 생활을 통해 터득한 기지를 살려 대사관 직원에게 파리의 여학생용 기숙사 리스트를 받을 수 있느냐고 부탁했다. 아무것도 모르는 이방의 도시에서는 기숙사에 사는 편이 안정성, 편리함, 청결, 경제적 이점을 얻을 수 있을 것이라 생각했기 때문이다.

파리에 도착해 임시 숙소에 짐을 푼 뒤 본격적으로 착수한 일은 리스트에 있는 기숙사들을 일일이 찾아다니는 것이었다. 기숙사 대부분은 최적의 위치라 할 수 있는, 노트르담 성당과 생쉴피스 성당을 중심으로 한 좌안 핵심 지역에 밀집되어 있었다. 얼마나 집중하며 그곳들을 하나하나 찾아다녔던지 바람이 매섭게 불던 1월이었음에도 추위가 피부로 잘 와닿지 않았다.

프랑스는 사회주의 성격이 강하며 국교가 가톨릭이다. 그래서 프랑스에는 가톨릭 재단이 운영하는 여학생 전용 기숙사가 많은 편인데 기숙사 내의 규율과 제도가 꽤나 엄격한 편으로 무엇보다 연령 제한이 있다. 기숙사 중에는 수녀님들이 직접 운영하는 곳들과 가톨릭 재단에 속해 있어도 일반인 사감 선생님들의 통솔하에 운영되는 곳들이 있었는데, 수녀님들이 운영하는 기숙사의 규율이 일반 기숙사보다 상당히 엄격했다. 기숙사마다 규정이 다르다 하여도 수녀님들이 계신 기숙사는 보통 십 대 후반에서 이십 대 초반까지의 어린 학생들만 입소를 허용했으며, 그 외의 기숙사들도 스물너댓 살까지만 받도록 정해져 있었다.

당시 나는 스물일곱 살이었기에 대부분의 기숙사에서 받아주지 않았다. 자포자기하는 심정으로 룩셈부르크 공원의 어느 수녀원에 들렀던 그날은 유난히도 나이 지긋한 수녀님이 기숙사에 나와 계셨다. 다행히도 수준급 영어 실력을 지닌 수녀님은 일단 나이 제한에 걸려 안 되며 현재 기숙사에는 빈방도 없기에 가능하지 않다고 설명하셨다. 그러다가 내가 책상 위에 올려놓은 너덜너덜해진 기숙사 리스트를 보시더니 어디서 얻었는지 물으시기에 파리로 떠나오기 전 한국 프랑스 대사관에 요청하여 받았다 하였더니 빨간 표시가 된 곳들이 거절당한 곳이냐고 다시 물으셨고 나는 그렇다고 대답했다. 수녀님은 리스트를 한참 들여다보시다가 잠시 있어 보라고 한 뒤 어딘가에 전화를 거셨다. 수녀님은 연이어 여러 군데에 그렇게 전화를 돌리며 불어로 한참을 통화하더니, 이 근방 한 기숙사에 빈방이 있다며 지도를 그려줄 테니 지금 그곳으로 가보라고 하시는 것이었다.

그렇게 수녀님이 그려준 지도를 따라 세브르바빌론이라는 동네의 오아시스여학생기숙사 앞에 도착했다. 무지하게도 큰 붉은색 대문이 올려다봐야 할 정도로 높았다. 그 옆의 자그마한 초인종을 누르니 삐 하고 문이

돌봄의 찻상

열리면서 기숙사로 통하는 깔끔하게 정돈된 앞마당이 드러났다. 마당 옆 사무실 같은 곳의 훤히 트인 창 너머로 중년 여성이 보였다. 일반복을 입은 여성은 사감 선생님인 듯했으며 마당으로 걸어 들어오는 나를 보고 기숙사 문을 열어주었다. 이 기숙사 역시 가톨릭 재단에 속한 여학생 전용 기숙사였지만 바로 전에 방문했던 기숙사처럼 어린 학생만을 담당하는 수녀님들이 직접 운영하는 곳은 아니었다.

내가 방금 어디어디 기숙사 수녀님으로부터 소개받아서 왔다고 하였더니 그녀는 그래 너구나, 하며 자신의 사무실로 안내했다. 의자를 빼주며 앉으라 한 뒤 나를 빤히 쳐다보며 한국인이냐고 물었다. 그녀는 자신의 가장 친한 친구가 한국인이며 현재 이 기숙사에도 한국인 학생 한 명이 살고 있다고 일러주었다. 그 외의 형식적인 추가 질문들도 한 다음, 바로 빈방이 나올 예정이고 연령 제한에 약간 걸리기는 하여도 받아줄 테니 들어올 준비를 하라며 몇 가지 서류에 사인하게 했다. 달력을 보면서 입소 날짜도 알려주었다.

파리는 좁은 데다 세계 각국에서 모이는 사람들로 넘쳐나는 국제 도시이기에 늘 엄청난 주택난에 시달리고 있다. 그래서 비싼 월세를 감당하는 것은 둘째치고 괜찮은 집 구하기가 하늘의 별 따기나 마찬가지라고 할 수 있다. 파리 생활을 한참 한 후에야 이 도시에 도착하자마자 수녀님의 도움으로 이곳 기숙사에 들어갔던 것이 엄청난 행운이었음을 깨달았다.

기숙사에 있던 또 다른 한국인 학생은 예의를 중시하는 환경에서 자란 듯한, 점잖고 말 한마디 함부로 뱉는 법이 없던 친구였다. 기숙사에 한국인은 단둘이었기에 우리는 금세 친해졌다. 가끔 한국 음식이 먹고 싶으면 함께 한국 식당에 가서 저녁을 먹었다. 기숙사 규율상 부엌 밖에서는 취사가 금지되었지만 간혹 어느 주말에는 사감 선생님 몰래 방에서 오뎅탕을 펄펄 끓여낸 뒤 빗소리를 들으며 얼굴이 벌게질 때까지 일본 사케를 홀짝거리면서 밤새 도란도란 이야기를 나누기도 했다.

세브르 거리를 따라 센강까지 이어지는 동네 산책길에서 처음 차점을 발견한 날, 기숙사로 돌아와 그녀에게 예쁜 차점을 발견했다고 말했다. 친구는 자신도 그곳 마리아쥬프레르의 차들을 좋아해 늘상 구비해놓고 우려 마신다면서 지금 자기 방으로 가자고 재촉했다.

이미 파리 생활을 꽤 이어온 그녀의 작은 방에는 없는 게 없었다. 대체 그간 몇 명의 유학생들을 거쳐 갔는지 가늠이 안 되는, 한인 중고 물품 시장에서 산 낡아빠진 오디오부터 가끔 한 번씩 쳐줘야 작동하는 텔레비전도 있었다(이 텔레비전은 불어 공부에 제격이었다).

그녀가 방바닥 한편에 놓인 테이블보를 들어올리자 조금 전 내가 들렀던 마리아쥬프레르 차점의 가향$_{加香}$* 녹차와 학생이 가질 법한 다구들, 마들렌과 비스킷 등이 그득하게 담긴 바구니가 놓인 공간이 드러났다. 테이블 보는 네모진 퀼트 보자기로 할머니가 만들어주신 것이 었다. 여기서 생활한 해만큼 온갖 잡동사니로 그득 채워 진 방의 한가운데에서 그녀는 차를 우려주었다.

좌식 문화에 익숙한 한국 사람들은 실내에서도 신발 을 신고 생활하는 서양식 문화에 익숙해지기가 상당히 어렵다. 유학했을 때 주변 한국인 친구들은 거처할 곳을 얻으면 맨발로 생활하기 위해 가장 먼저 바닥을 대대적 으로 청소했다. 그녀도 방바닥에 차려진 찻상 앞에 철퍼 덕 앉아 물을 끓이며 다구를 배치하고 찻잎을 정량할 준 비를 했다. 나도 그녀처럼 철퍼덕 앉아서 차가 완성되기 를 기다렸다. 그녀가 모양도 색상도 제각각인 머그잔들 에 뜨거운 물을 붓고 거름망을 사용해 차를 우려내는 모 습을 구경했다. 은은하게 퍼져나오던 녹차향과 슈퍼마 켓에서 파는 프랑스 과자의 맛이 서로 잘 어울렸고, 우리 둘 다 좋아했던 테테$_{Tete}$라는 가수의 샹송이 오디오에서 흘러나왔다.

그 후 유난히도 녹차를 좋아했던 그녀의 방에서 종종 가향 녹차와 다

* 꽃, 향신료, 과일, 우유 등의 첨가물을 넣어 또 다른 향과 맛을 입힌 차를 가향차라고 한다.

마리아쥬프레르

식을 맛보며 오후의 티타임을 가지곤 했다. 가끔은 좌안 골목 끝자락에 자리한 그 마리아쥬프레르 차점에 들러 이층 다실에서 차를 마신 뒤 해 저무는 파리의 멋스러운 돌길을 함께 걸으며 기숙사로 돌아왔다.

그 기숙사에서 내가 생활한 기간은 한 학기 정도였다. 새 학기가 시작되면서 악기 연습 문제로 나는 새로운 곳으로 거처를 옮겼고 그 친구 역시 그때가 파리에서의 마지막 학기였기에 졸업 작품을 마무리하고 한국으로 돌아갔다. 막 파리 유학 생활을 시작했을 때 만난 데다 기숙사에서 매일 얼굴을 마주쳤기에 1년도 함께 지내지 않았음에도 내 가슴속에 크게 자리하고 있는 인연이다. 또한 나의 첫 파리 생활에서 찻상이라는 공간을 함께 나누었던 친구이기도 하다.

친구는 한국으로 돌아가고 나서도 가끔씩 메일을 보내왔는데, 그녀 역시 그 짧은 인연 속에서 간직할 추억이 많았던지 지나간 시간을 회상하노라면 그리움이 사무친다고 썼다. 그래도 자칫 완전히 엇갈리기 전에 그렇게 인연이 닿아 얼마나 다행인지 싶다.

어느덧 15년이라는 시간이 흘렀다. 최근까지 연락을 드문드문 이어가고 있는 우리지만 나는 뉴욕으로, 그녀 역시 한국이 아닌 다른 나라로 이민을 갔기에 이제껏 직접 만난 적은 없다. 만약 언젠가 얼굴을 볼 수 있다면 오밤중에 기숙사에서 몰래 끓여 먹던 오뎅탕과 사케까지는 바라지도 않고, 그저 소담스러운 오후의 찻상을 차려 그간 못다 한 이야기를 나누면 좋겠다.

한편, 당시 나도 파리 사람들처럼 나만의 단골다방을 만들었다. 기숙사가 있는 세브르 거리의 르봉막쉐 백화점을 지나면 사람들이 지나가다 쉴 수 있게 만들어놓은 자그마한 공원이 있는데, 그 공원 구석에 자리한 세브르 다방이 나의 단골다방이었다. 그곳에 들를 때마다 가장 좋아하는 창가 자리에 앉아 세브르 다방 특유의 레시피로 만든 쇼콜라쇼를 시켜놓고 창밖을 하염없이 내다보았다. 쇼핑가인 세브르바빌론의 사거리와 고풍스러운 회색빛 옛날 건물들 사이로 바쁘게 빠져나가는 사람들과 매끈한 자동차들을 구경하며 과거와 현재를 넘나들어 보았다. 내 눈 앞에 펼쳐진 모습은 누구의 아이디어였을까. 당시 존재하지 않았을 그 무엇을 누군가는 갈망했고 상상했고 창조하기 위해 행동했다. 주어진 삶을 그대로 살아가는 것이 아니라 스케치북에 그려내듯 펼쳐낸 환상이 현실이 될 수도 있다는 사실을 실감하면서 말이다. 그 순간 품은 열망은 세상을 바꿀 만큼 강력했다. 찬란한 이십 대 시절, 나는 이런 상념을 품으며 파리라는 도시와 그렇게 연애를 시작하고 있었다.

학생용 다방, 개미다방

한국의 프랑스 대사관에서 얻어낸 파리의 여학생용 기숙사 리스트를 들고 시내를 돌아다녔을 때다. 시차 적응조차 하지 못하고 있었을 때, 모든 것이 그저 낯설고 막막하게 느껴지던 그날 역시 방문했던 기숙사에서 내가 원하는 답변을 얻지 못했다.

무겁게 내려앉은 마음을 끌어안고 뚜벅뚜벅 돌길을 걸었다. 그렇게 정면으로 센강가가 살짝 엿보이는 소르본 대학 라틴 거리를 걷고 있는데 잠시 후 발걸음을 멈추게 하는 아늑한 다방 하나가 눈에 들어왔다.

파리의 건축물들은 고풍스러운 외관을 갖추고 있어도 죄다 똑같이 '겨울스러운' 회색빛 분위기를 띤다. 그런데 그 다방의 외관은 밝은 파란색이었고, 창을 통해 내부의 편안해 보이는 소파와 테이블을 볼 수 있었다. 벽면을 가득 메운 책과 액자에 담긴 색색의 그림들, 좌석을 드문드문 채우고 대화에 열중인 사람들. 아마 오후 4시쯤 되었으려나. 해가 유난히 일찍 저무는 파리 겨울의 을씨년스러움과 몹시도 대조적인 노란 불빛의 실내는 차가워지려는 나의 마음을 녹일 수 있을 만큼 따스해 보였다. 그래서였을까, 나도 모르게 다방 안으로 이끌려 들어갔다.

문을 열고 들어서니 직원이 어서 오라고 인사하며 빈

자리가 많으니 마음에 드는 곳에 앉으라고 한다. 파리에 막 도착해 파리 물정을 잘 알지 못하는 내가 무엇을 주문해야 할지 어찌 알겠는가. 이렇게 생각하면서도 메뉴를 볼 수 있는지 물었더니 물론이지, 하며 간단한 메뉴판 한 장을 가져다주었다. 살롱드떼 Salon de Thé*답게 산지별로 여러 차를 잘 갖추고 있었다. 나는 다르질링 Darjeeling**과 사과 타르트를 주문했다. 내 마음은 계속 동요하고 있었다. 기숙사에 들어가지 못하면 어떻게 하지. 그다음으로 가장 좋은 해결책은 무엇일까. 해가 넘어가는 파리의 거리를 바라보며 찻잔을 양손으로 움켜쥐었다. 가슴까지 휑하게 만드는 복잡한 생각들을 털어내고 싶어서 과일향이 좋은 다르질링 홍차, 고소한 버터와 시나몬향으로 너무 달지 않게 만든 사과 타르트로 오후의 티타임을 가지며 스스로를 달래볼 뿐이었다.

훗날 내가 파리 생활에 좀 더 적응했을 무렵, 파리에 도착해 기숙사를 찾아다니다 들른 이 '개미다방'(원래 이름은 '개미의 날개 La Fourmi Ailée'인데 흔히 개미다방으로 불리곤 한다)이 좌안의 라틴 거리에서 꽤나 오래된 살롱드떼라는 사실을 알게 되었다. 이 다방

* 찻집 또는 다실을 의미한다. 대체로 홍차와 함께 케이크, 과자, 빵 등을 함께 판매한다. 간단한 음식을 주문할 수 있는 곳도 있다.

** 인도 히말라야 산에 자리한 다르질링 마을에서 재배되는 차. 3·4월에 수확된 차는 퍼스트플러시, 5·6월에 수확된 차는 세컨드플러시, 10월 이후에 수확된 차는 오텀널(autumnal)이라고 불린다.

은 원래 서점이었다고 한다. 그래서인지 고서적들이 벽면을 따라 빼곡하게 꽂혀 있다. 아카데믹한 분위기를 유지해 본래의 정체성을 지켜나가려는 것이다. 전문 차실임에도 프랑스식 식사 메뉴가 있었는데, 교육 기관과 서점이 즐비한 라틴 거리에 있는 가게답게 가격 역시 학생이 감당할 수 있는 수준이었다.

이후 소르본 대학가와 명성이 자자한 셰익스피어 서점의 중간 지점에 위치한 이곳을 수도 없이 지나쳤지만, 이상하리만치 단 한 번도 다시 들러보지 않았다. 늘 나만의 단골다방에 가곤 했기 때문일 것이다. 이 개미다방을 지나노라면 '이 도시에서 어떻게 살아남을 것인가'라는 고민을 끌어안고 있던 나의 스물일곱 살 시절이 떠올라 쓴웃음이 배어나올 뿐이다. 모든 게 생소하였기에 더욱 추웠을 그해 파리의 겨울, 잠시라도 마음의 따스함을 느끼고 싶어 들른 그곳에서 맛본 다르질링과 사과 타르트만이 추억의 한 페이지에 남아 있다. 초창기 품었던 고민과 감정은 어느새 물 흐르듯 흘러가버린 채, 나는 또 다른 고민들에 휩싸여 현실과 투쟁해야 했다. 그럼에도 지금 생각하면 파리 시절이라는 통합된 형태로 그때를 제3의 눈으로 볼 수 있게 된다. 어떻게 생활할 것인가, 라는 질문을 끊임없이 스스로에게 던지며 생을 배우고 있던 자신을 보게 된다.

생을 살아가면서 인간은 늘 고민과 갈등을 끌어안는다. 그 순간의 고민이 세상에서 가장 심각한 것인 양 감정을 쥐어짜고 있어도 어떻게든 살아가며 어쨌든 이어지는 것이 삶이다. 이를 이토록 절절하게 깨우쳤으면서도 나는 매번 내용만 다를 뿐 같은 방식으로 고민하며 같은 방식으로 투쟁하듯 살아가는 어리석은 한 인간이다.

어쩌면 그래서 나는 차를 우려내는 삶을 선택했는지도 모른다. 차를 우려 마시는 순간만큼은 모든 것을 비워낼 수 있는 힘을 가질 수 있다고 믿는다. 그러한 힘을 여리게나마 훈련하다 그 힘 자체가 자신이 되어 있음을 느끼는 순간 또한 오기를 몹시 고대하고 있다.

그리고 언제나 미래에 가서 뒤돌아보면 아무것도 아니었을 고민과 함께 어떠한 향을 풍기는 차가 스틸컷처럼 늘 기억 속에 남겨질 것이다. 한겨울의 이국의 도시와 참으로 학생스러운 개미다방에서 마신 다르질링 한 잔. 잠시나마 머릿속에서 움켜쥐고 있었던 고민을 녹여준 따뜻한 기억이다.

2장

**그 물빛을
좋아**

교토의 정갈한 다실을 탐방하다

교토에서 재회한 첫사랑, 토라야

2018년, 파리로 떠난 이후 처음으로 한국을 방문해 꽤 오랜 시간 머물렀다. 플루트 앙상블 연주회라는 명목으로 단원들과 함께 지정된 공간에서 연습을 진행해야 했기에 꽤 오래 지내게 된 것이다. 참으로 더웠던 여름 내내 연습에 매진하다가 9월에 연주회가 끝나자마자 계획한 것은, 그리도 찾아가고 싶어 벼르고 별렀던 예의 일본 다실을 제대로 보기 위해 교토에 가는 일이었다. 이 여행 계획을 짜는 일은 어렸을 적 소풍 가기 전날 밤잠을 설쳤을 때만큼이나 무척 떨리게 만들었다. 나의 파리 시절을 풍미하였고 찻상의 세계로 들어오게 되는 결정적인 이유를 제공하였던 방돔 광장의 그 일본 다실과 사랑에 빠진 이후, 나는 한번도 가본 적 없는 교토의 본점을 향한

상사병에 오랫동안 걸려 있었다. 그리고 이제서야 그 열병을 해소할 수 있는 기회가 당도했다.

비행기가 오사카에 내렸다. 10월 초임에도 아직 가을보다는 늦여름에 가까운 날씨였다. 오사카에서 기차를 타고 교토에 내려 미리 예약을 해둔 호텔로 찾아들어가 방 안내를 받고 짐을 풀자 선반 위에 놓인 찻잔과 녹차 티백, 일본 과자가 눈에 들어왔다. 사실 아시아는 여행해본 적이 없어 매우 생소했다. 가까운 일본조차 지금 난생처음으로 방문해보는 것이었다. 시계를 보니 오후 4시가 다 되어갔다. 게이샤 거리 쪽으로 천천히 걸어 유명한 니시키 재래시장을 통과했다. 문어풀빵이며 어묵과 떡 등 맛있는 것들이 난무하여 신이 절로 난 가운데 참새가 방앗간 그냥 못 지나가듯 이것저것 군것질을 실컷 해댔다. 길게 뻗은 시장을 빠져나오자 시장이 끝나는 부근에서 익숙한 홍차 브랜드의 가게가 보였다. 파리 좌안의 중심 지역인 생제르맹데프레에도 근사하게 자리한, 루피시아라는 일본 홍차 브랜드의 가게다.

교토는 전통 찻상의 도시이기에 이 가게는 소심한 듯 자신의 처지를 잘 안다는 듯이 눈에 띄지 않게 구석에 자리하고 있었다. 자국 브랜드 차점임에도 여기를 잘 아는 교토 사람은 별로 없다지만 브랜드 루피시아는 유럽에서 인지도가 높다. 독특하고 섬세하게 블렌딩된 가향차들의 종류도 상당하거니와 현재 세계 가향차 시장을 석권 중인 영국과 프랑스의 대표적인 차 브랜드들과 견주어도 품질 면에서 뒤지지 않는다. 각기 다른 특징을 가지고 있는 차의 성질을 천연재료와 혼합하여 개성 있는 향을 뽑아내는 기술력 또한 돋보인다.

파리에서 지인들을 만날 일이 생기면 나는 루피시아 차점을 방문하여 그들에게 어울리는 차를 골라 구입하곤 했다. 틴케이스에 그려진 지극히 일본스러운 문양과 색채의 아름다움 때문에 선물을 받는 프랑스 친구들도 몹시 좋아하며 향긋한 냄새를 음미하곤 하였다. 파리에서 그리도 자주 방문했던 브랜드의 차점을 보니 길에서 우연히 반가운 친구를 만난 듯 기쁘기 그지없어 안으로 들어가보았다. 넓다란 홀에 차와 다구가 잘 정리되어 있었다. 파리의 루피시아는 꽃처럼 화사한 분위기를 지녀 화려한 문양의 기모노와 참으로 어울리는 차점인 데 비해, 교토의 루피시아는 이곳 게이샤의 거리처럼 베일에 싸인 듯 약간 그늘진 느낌이었다.

점장에게 홍차 시음을 할 수 있느냐고 물었더니 물론이라면서 테이블 공간으로 나를 안내한다. 특별히 시음하고 싶은 차가 있느냐고 묻기에 중국의 기문祁門*을 맛보고 싶다고 대

* 인도의 다르질링, 스리랑카의 우바와 함께 세계 3대 홍차 중 하나로, 중국 안후이성의 비가 많이 내리는 기문 지역에서 재배된다. 아름다운 난향을 내는 오렌지빛 차다.

답했다. 점장은 가능하다면서 능수능란한 손길로 물을 끓여 다구들을 데운 뒤 차를 우렸다. 이윽고 타이머가 울리자 차를 찻잔에 따라 내 앞으로 내밀었다. 찻잔을 들어 한 모금 입술에 적시자마자 기문의 향긋하면서 오묘한 꽃향에 휩싸였다. 연이어 루피시아의 시그니처 가향 홍차인 로제로열Rose Royal*을 우려 달라고 요청했다. 루피시아에서 야심 차게 내놓는 가향 홍차이기에 파리에서 자주 마셔봤지만 교토에서 마시는 차는 새로운 맛이 밴 듯 참으로 다른 향취를 풍기는 것 같았다. 점장의 차 우리는 솜씨도 끝까지 지켜보니 보통이 아님을 알 수 있었고 손의 기운맛까지 더해져 다시 방문하고 싶을 정도였다.

마지막으로 랍상소우총Lapsang Souchong**까지 시음을 마친 뒤 점장이 우려준 서너 종류의 차를 몽땅 구입하자 티타임할 때 곁들이라며 다식 몇 개를 챙겨준다. 나는 교토에서 지내는 열흘 동안 이 차점을 두 번이나 방문했다. 말차의 나라 일본에서 하루에 적어도 서너 번 말차와 전통과자 가게를 방문했음에도 그 흔한 센

* 루피시아가 스파클링와인향과 딸기향을 첨가해 만든 깔끔한 맛의 홍차.

** 중국 푸젠성의 우이산에서 생산되는 정산소종은 세계 최초의 홍차로 알려져 있으며 유럽으로 전해지면서 현지 발음에 따라 랍상소우총으로 불렸다. 유럽에서 인기가 높아지자 수요를 감당할 수 없어 훈연향을 강하게 입힌 지금의 랍상소우총이 개발되었다. 중국에서 판매되는 정산소종은 훈연향이 약하다.

차 하나 사지 않았으면서 루피시아에서는 세계 각국의 다양한 홍차와 가향차를 캐리어가 터질 만큼 구입했다.

둘째 날, 내가 가장 먼저 갈 곳은 파리 방돔 광장에 자리한 그 일본 다실의 본점이었다. 첫사랑을 재회하러 가는 기분이 이러할까 싶게 이루 말할 수 없이 마음이 복잡 미묘했다. 기대되면서 떨리고, 설레면서 두려운 그런 묘한 감정이었다.

와가시와 말차가 전문인 토라야는 파리 외에 뉴욕 맨해튼에도 분점이 있다. 일본 다실은 차와 그 주변 사물과의 조화에서 진정한 가치를 찾는다. 다다미방 한편에 자리한, 여백의 미가 흘러나오는 도코노마와 정갈하게 꾸민 정원을 모두 하나의 찻상으로 바라보는 문화이다.

파리의 토라야는 한 칸짜리에 불과한 상당히 작은 차점이었기에 정원도, 제대로 된 <u>도코노마</u>床の間***도 감상할 수 없었다. 따라서 일본 찻상의 미학 면에서 미흡함이 있었을지도 모른다. 그럼에도 까다로운 안목을 가졌다는 파리 사람들의 발걸음을 멈추게 하고 나의 단골다방이 되었던 요인은, 부르주아의 산실인 그 화려한 방돔 광장 골목 구석에서 독보적으로 두드러졌던 동양미와 겸손한 카리스마가 아니었을까 한다.

파리 사람들에게 사랑받는 파리 분점과 다르게 뉴욕 맨해튼 분점은

*** 방 한구석에 바닥보다 살짝 높은 단을 설치하고 족자와 꽃을 장식해놓은 곳.

오래 버티지 못하고 영업을 종료했다고 한다. 그것은 어쩔 수 없는 문화 차이 때문이다. 자본주의의 메카 뉴욕에서 1분 1초를 다투며 사는 뉴요커들에게 시간은 곧 자본이다. 사색의 공간이라는 다실의 성격은 뉴욕의 본질과 어울리지 않는 것이다. 나는 뉴요커들이 사회적 구조로부터 받는 과도한 압력 때문에 오히려 그들에게 다실의 미학이 더더욱 필요하다고 생각하지만 말이다.

교토의 토라야는 지하철 역과 가까운 곳에 있었다. 고즈넉해야 하는 다실 분위기를 지키고자 함인지 사고파는 부산스러움이 있을 수 있는 다식 판매점이 따로 분리되어 있었다. 참으로 섬세하면서도 다실에 대한 이해가 각별했다. 돌아가는 길에 들를 요량으로 판매점 창가를 가득 메운 화려한 색감의 와가시들을 구경하기만 했다. 이내 꺾인 골목 안으로 들어서자 토라야라고 쓰인 포렴이 보였다.

교토 본점을 보자마자 약간의 충격을 받았다. 파리의 소박한 토라야가 너무 강하게 머릿속에 자리하고 있어서인지 비교조차 되지 않을 만큼 웅장한 일본 전통 다실을 한참이나 넋 놓고 바라보았다. 다실 안으로 들어서자 푸르른 정원과 이케바나를 감상하며 차를 마실 수 있게 곳곳에 배치된 테이블들이 마치 슬로우모션처럼 펼쳐지며 나의 눈을 사로잡았다.

정원이 훤히 보이는 교토 토라야 본점

나는 정원 바로 옆 창가 테이블에 자리를 잡고 말차와 양갱을 주문했다. 창가 너머 정원에도 테이블들이 놓여 있었다. 내 바로 앞쪽 테이블에 놓인 이케바나를 바라보았다. 일본 전통 다회에서는 성격과 내용에 따라 매번 다른 족자와 꽃을 놓지만 무엇 하나 유독 돋보여서는 안 되며 차가 있는 공간을 중심으로 모든 것이 잘 어우러져야 한다. 그리고 꽃송이를 접대받는 손님을 향하게끔 놓아 손님이 이를 감상하며 다회를 즐길 수 있도록 한다. 토라야의 테이블 한가운데에 다소곳이 앉아 있는 크고 작은 꽃들은 화사하면서도 화려한 느낌을 주었다.

말차가 나왔다. 청아한 녹빛 위에 소복하게 인 거품이 한눈에도 고소해 보였다. 다식으로 시킨 양갱을 반으로 갈라 먹자 달달하면서 특유의 담백한 밤향이 입안에서 퍼져나갔다. 다소 촌스러운 다완에 담긴 말차를 다시한 모금 깊이 들이켜자 입안에서 쌉싸름하면서 고소한 말차 거품이 터지며 양갱의 달달함과 뒤섞인다.

이 순간을 위해 몇 년을 기다리고 기다렸다고 할 수 있다. 고즈넉함만이 대책없이 흘러나오던, 그 화려한 파리의 소박한 다실에 심취해 '오리지널은 과연 어떠할까'라는 상상을 불태우며 행복한 연모의 감정을 품어왔다. 다실 곳곳의 디테일을 하나도 놓치지 않으려고, 이 순간을 온전히 내 삶에 짙게 각인하려고 모든 촉각이 곤두서 있음을 느낄 수 있었다. 교토에는 겸손해 보일 만큼 소담하고 정갈하나 실은 수줍게 내숭 떠는 멋을 내기 위해 엄청나게 공을 들인 정원이나 예스러운 찻상, 도코노마를 지닌 다실들이 널려 있다. 이렇게 지극히 교토의 멋을 느낄 수 있는 다실들을 제쳐두고 다소 국제적인 색채가 묻어 있다고 할 수 있는 토라야에 유독 가슴 설레는 이유는, 순전히 나의 개인적인 추억 때문이다.

이후 교토를 떠나기 전 토라야에 한 번 더 들르려고 했지만 아쉽게도 결국 다시 찾지 못했다. 언젠가 다시 교토를 방문하게 되면 어김없이 들를 토라야가 그때는 또 어떤 식으로 내 마음속에 자리를 잡게 될지 궁금하다. 어느 미래에 참으로 전통적이고 세련된 그 다실에서 마시게 될 말차와 다식의 고소한 풍미가 벌써부터 나를 행복하게 한다. 이 또한 앞으로의 생을 위해 내가 추억 속에 예비해둔 감정이겠다.

세계인의 머릿속에 각인된 일본 찻상의 힘

교토에는 명성 있는 전통 다실이 많다. 나는 교토 여행 중 하루에 최소 두 군데 이상의 다실을 체험했다. 그중에 대대로 전통 떡을 만들어온 사료호센茶寮 宝泉이라는 다실이 있었다. 이곳에서 차를 마시는 동안 정성 들인 정원과 차분하고 정갈한 내실 구조의 아름다움을 음미할 수 있었다.

숙소를 나와 어느 한적한 주택가의 깊숙한 골목에 조용히 자리한 기와집 앞에 다다랐다. 활짝 열린 문 앞에 포렴이 걸려 있었다. 그 너머로 소담하나 공이 들어간 교토식 정원이 엿보였다. 다실로 들어가기 전 안내를 받는 공간이 따로 있었는데 그곳에서 다양한 종류의 와가시가 판매되고 있었다.

점원에게 차를 마시러 왔다고 하니 노트에 내 이름을 적는다. 한 일본 여성이 앞쪽에서 안내를 기다리고 있었는데 나를 보더니 미소를 띠며 차를 마시러 왔느냐고 능숙한 영어로 묻는다. 그간 와보고 싶었던 다실이었는데 생각보다 더 좋다고 답하자 전통 떡을 잘 만드는 집이라고 설명해준다. 나는 그저 말차를 마시며 잘 꾸민 다실이나 감상하려고 왔는데 떡으로 유명한지는 몰랐다고 했다. 그녀는 자신은 일본 디저트를 연구하는 사람인데 교토의 전통 떡들을 맛보기 위해 일부러 먼 지방에서 올라왔다고 한다. 짧은 대화가 오간 뒤 기모노를 입은 점원들이 테이블이 준비되었다고 하며 우리를 각자 안으로 안내했다.

신발을 벗고 다실로 올라섰다. 미닫이문들과 창문 사이에 미로처럼 좁다랗게 난 마루를 종종걸음으로 걷는 점원의 뒤를 따라가자 정원이 시원하게 보이는 테이블로 안내해준다. 한쪽 벽면에 주변 실내 장식과 어울리게

돌봄의 찻상

정원이 흘끗 보이는 사료호센의 대기실 문 앞

끔 감각적으로 꾸며놓은 아담한 도코노마가 나를 보고 인사하는 듯했다. 나는 우선 말차와 떡 하나를 주문했다.

파리에서 일본 전통 다회 방식 차노유茶の湯를 배울 적에 계절이 봄에서 여름으로 바뀔수록 말차를 우릴 때의 물 온도가 달라져야 하는 것이 의아해 지도 선생님에게 그 까닭을 물었다. 선생님은 말차는 한여름에는 마시기 좋게 적당히 따뜻하게 우리면 되는데, 계절이 추워질수록 물 온도를 높이면 차맛을 극대화할 수 있다고 알려주셨다.

어느 여름날인가, 평소에 비해 상당히 낮은 온도로 말차를 우려 마셨는데 유독 쓴맛이 강하고 고소함이 떨어졌다. 이처럼 물의 온도가 너무 높거나 낮을 경우 차의 풍미가 물과 섞이지 않고 분리될 수 있다. 홍차 역시 계절과 그날그날의 날씨에 따라 물 온도를 약간 조절하지만, 아무리 더운 날이라 하더라도 홍차를 낮은 온도로 우려낼 수는 없다. 홍차 특유의 맛과 향을 뽑아내기에 좋은 최적의 온도는 수포가 적당히 끓어오르는 98도다. 홍차는 아무리 공기가 건조해도 수온을 심하게 떨어뜨리지 않아야 한다. 맛이 겉돌며 향이 한참이나 벗어나기 때문이다. 다르질링 퍼스트플러시처럼 거의 녹차에 가까운 홍차가 아니라면, 가공 후의 연도와 찻잎 상태에 따라서 달라지나 대체로 95도 밑으로 내려가지 않는 상태에서 최고의 향을 뽑아낼 수 있다.

돌봄의 찻상

10월의 교토 날씨는 초가을의 햇볕이 적당히 드는 인디언서머 같은 날씨였다. 사발에 담긴 짙은 연둣빛 차가 찻상 너머로 보이는 정원의 푸르스름한 녹빛과 닮았다. 먼저 앙증맞게 생긴 떡을 잘라 먹었다. 사발을 들어 알맞은 온도로 따뜻하게 달여낸 차를 한 모금 마시자 쌉싸름함이 먼저 입안 가득 퍼지더니 뒤이어 말차 거품의 고소한 풍미가 혀를 감싸고 돈다. 예스러운 미닫이창 밖으로 훤히 드러난 정원을 벗 삼아 찻상놀이에 흠뻑 젖어 있는데 아까 대기실에서 잠시 담소를 나누었던 전통 떡 연구가라는 여성이 조심스럽게 다가와 원하면 자신이 사진을 찍어주겠단다. 혼자 온 내가 이 아름다운 다실에서 단독 사진을 찍기 어려울 것 같으니 도와주려는 아름다운 배려인 것이다. 그녀는 각도를 달리해 여러 장 찍어주었다. 나도 찍어줄까 하고 물으니 괜찮다며 정중히 사양한다. 사실 아까부터 디저트 전문가인 저 여성이 먼 지방에서 이곳까지 찾아와 어떤 떡을 주문하여 먹었을지 무척 궁금했지만 실례가 될까 싶어 가만히 있었다. 이참에 조심스레 물어보니 와라비모치라는 교토식 전통 떡이라고 가르쳐주기에 나도 똑같은 것을 시켜보았다. 흐르듯이 물컹한 독특한 식감의 떡이었다. 입안에서 유달리 사르르 퍼지는 느낌도 참 일본스러웠다.

좀처럼 떠나고 싶지 않은 그런 다실이었다. 손님을

사료호센의 고즈넉한 내부

자리로 안내한 뒤에는 조용하게 찻상을 즐기도록 참견하지 않는다. 사람이 많이 없었던 때라 그러했는지 몰라도 손님들을 다른 방으로 드문드문 배치하여 한 공간에 홀로 앉아 사색을 할 수 있게 해주는 다실의 배려가 참으로 섬세했다.

내가 만약 다시 교토를 방문하게 된다면 이번에는 전통 방식으로 만들어내는 교토식 디저트의 세계를 유심히 맛보고 느끼고 싶다. 이 여행에서 나는 그들의 서로 미세하게 다른 차맛과 다실의 미학을 느끼기 위해 여러 다실을 방문하였는데, 일본 다식을 연구한다는 그녀와의 짧은 대화를 통해 어쩌면 내가 중요한 부분을 놓쳤을지도 모른다는 느낌을 받았던 것이다.

일본에는 각기 전통적인 방식으로 만들어내는 떡과 과자 레시피가 적어도 수백 종이 넘는다고 한다. 일본 찻상에서도 절대로 빠질 수 없는 이 와가시들은 녹차를 마시기 전 입안에 달콤함을 퍼트려 녹차가 지닌 쌉싸름함을 완화해주고 감칠맛을 올려준다. 일본의 찻상문화는 눈으로 차를 마실 수 있다고 일컬어지는 만큼 와가시도 예술 작품처럼 화려하며, 일본 녹차와 함께 자국을 넘어 세련된 디저트로서 세계 시장에 진출해 있다.

나는 홍차 찻상을 주로 차리는 사람이기에 홍차 종류마다 각기 어울리는 다식과 음식이 무엇일지 찾아다니며 맛보곤 한다. 차가 지닌 특유의 향, 맛, 바디감 등에 따라 음식의 선택도 달라져야 하기 때문이다. 찻상을 차려낼 때 특히 세심하게 살펴야 하는 부분이 차와 음식의 궁합이다.

음악치료학에서는 다방면으로 가장 효과를 내는 음악이 모차르트의 곡들이라고 한다. 그러나 모차르트의 곡들이 치료에 좋다고 해서 처음부터 대뜸 활용할 수는 없다. 기분이 가라앉은 우울증 환자에게 신나는 음악을 틀어주면 감정이 전환될 것 같지만 사실은 그렇지 않다고 전문가들은 말한다. 같은 파장을 일으키는 조용하고 차분한 음악으로 먼저 우울함을 자극해 환자의 감정을 모조리 표출시켜야 하며, 이후 또 다른 형태의 음악을 넣고 빼고를 반복하면서 환자의 에너지를 끌어내주어야 한단다. 처음에는 비슷한 파장으로 맞추어가다 마침내 잠재된 시너지를 끌어내는 음악치료학은 참으로 찻상의 힘과도 닮았다.

홍차 중 랍상소우총은 훈연향을 내는 꽤 저돌적인 느낌의 차다. 이 차는 비슷한 향이 들어간 훈제 연어나 맛이 진한 치즈와 잘 어울리며 차가 지닌 특유의 향과 음식의 재료들이 어우러져 달콤하고 독특한 풍미까지 자아낸다. 쌉싸름한 다크초콜릿과 함께 맛보아도 시원한 뒷맛이 남는다. 이처럼 서로 완전히 다른 두 가지가 처음에는 비슷한 파장으로 결합되지만 이윽고 둘의 각기 다른 좋은 기운 또한 서서히 맞물려야 좋은 궁합이라고 생각한다.

풍미 가득한 음식, 향긋한 와인, 세계 각지의 특산 술로 채워졌던 20세기의 식탁을 넘어 웰빙 바람이 불고 있는 현대에 대중은 좀 더 건강한 식탁을 원하고 있다. 술을 대체하는 음료로 차가 요식업계에 진출해, 다수의 하이엔드 호텔이나 레스토랑에서도 음식과 잘 어울리는 차를 선별하기 위해 열을 올리고 있는 실정이다. 그리고 어느새 세계인의 머릿속에는 일본 찻상 하면 차와 와가시 또는 차와 꽃이라는 결합이 각인되어 있다. 이렇게 서로 다른 두 가지를 잇는 조화의 힘을 유감없이 발견할 수 있는 곳이 교토의 다실들이다.

반차가 있는 어느 점심상

어느 날, 일정에 밀려 다소 늦은 점심을 하기 위해 인테리어가 깔끔하고 세련되어 보이는 어느 식당으로 들어갔다. 오후 2시가 훌쩍 넘은 시각이어서인지 손님이 나 하나뿐이었다. 폭신한 의자에 앉자 메뉴판을 가져다주는데 튀김이 올라간 일본식 반상과 반차番茶*가 함께 나온다는 점심 메뉴가 있기에 이

* 센차와 달리 오래 자라 커진 찻잎을 사용해 담백하면서도 떫은 맛이 두드러진다. 일본 지방마다 가공 과정이 다르지만 대체로 찐 찻잎을 다시 말린 뒤 볶아서 만든다.

것을 주문해보았다. 하얀 쌀밥, 접시에 놓인 새우와 채소 튀김, 작은 도자기 종지에 담긴 절임류 반찬, 푸딩처럼 균열 하나 없이 부드럽게 찐 노란 달걀찜, 일본식 된장국을 차린 상이었다. 그리고 이 담백한 점심상에 몹시 어울렸던 반차 한 잔.

반차 중 호우지차ほうじ茶는 잎뿐만 아니라 줄기까지 가공해서 만든 차라 다소 거친 듯하여도 나름의 감칠맛이 좋고 향이 담백하여 어떤 일본 음식과도 잘 어울린다. 급이 높지 않고 다소 저렴한 차라 일본의 여러 식당에서 무료로 제공한다. 하지만 유럽 내 일본 식당에서는 미네랄워터나 와인처럼 다양한 음료 메뉴에서 반차를 종종 볼 수 있다. 이 반차를 시키면 찻주전자와 찻잔을 함께 서빙해준다.

런던에 홍차 공부를 하러 간 2019년 어느 날 저녁에 꽤 유명한 일본식 라면 가게를 방문하였는데 차 메뉴에 반차가 있어 주문해보았다. 멋있는 옛 중국식 무거운 철제 주전자에 담긴 뜨거운 반차의 맛이 진한 육수의 차슈 라면과 차슈 꽃빵과도 잘 어울렸다. 일본 식문화에서 스시류의 가벼운 음식은 입안을 해독하는 듯한 느낌과 상쾌함을 더해주는 잎녹차와 어울리는 반면, 그 외의 가정식 요리는 반차, 특히 호우지차와 환상의 궁합을 보인다. 가장 좋아하는 요리가 이탈리아와 일본의 가정 요리라서 그런지 나는 서민적인 음료라 할 수 있는 반차를 무척이나 좋아한다.

하루 종일 많이 걸어 피곤한 몸을 움직여 먼저 연한 갈색빛 반차를 들이켜자 "와, 정말 좋다" 소리가 절로 나왔다. 평범하지만 특유의 맑고 구수한 맛이 따스하게 몸 속을 감싸고 돈다. 어느새 한 잔을 다 비우고 폭신하게 찐 달걀찜을 연신 숟가락으로 퍼먹자 말캉한 느낌이 어찌나 아이스크림보다 부드러운지 입안에서 사르르 녹아 흔적도 없이 사라진다. 그리고 바삭한 새우 튀김을 머리부터 통째로 베어 먹는다. 그 모습을 지켜보고 있었는지 점원이 차를 더 줄까 하고 묻기에 고맙다고 했다. 그렇게 그날 점심에 반차 세 잔을 들이켰다. 그 식당에서의 식사가 참으로 기억에 남았던 까닭은, 그저 정갈하게 차려낸 소담한 밥상 위에 잘 끓여내어 올린 반차 한 잔, 그 별거 아닌 듯한 2퍼센트의 채움의 미학이 나의 미각을 여실히 충족해주었기 때문이 아닐까 한다.

애프터눈티와 크림티,
일상의 짐 내려놓기

런던에 애프터눈티를 배우러 가다

자본주의의 등장과 산업화에 따른 사회적 이변이 속출하며 격변기를 맞이한 빅토리아 시대에 영국의 문화와 예술은 급발전하기 시작했다. 일반적인 부엌 개념이 만들어지면서 건축과 주거 환경 등에서도 큰 변화가 일어났다. 저녁식사 시간 또한 변하면서 애프터눈티Afternoon Tea라는 영국의 찻상문화가 생겨났다. 빅토리아 시대 이전의 영국은 이른 정오에 하루의 가장 무거운 식사를 했는데 산업화가 시작되며 정식 식사라고 할 수 있는 디너가 저녁 8시경으로 옮겨졌다. 가벼운 아침이나 점심을 먹은 뒤 저녁 8시까지 기다리면서 견뎌야 하는 공복감 때문에 당시 왕실 일원이었던 안나 마리아 베드포드 공작부인은 오후 4시경이면 허기를 채우기 위해 차와 함께 간단히 버터 바른 빵 따위를 먹기 시작했다. 이 작은 행동이 귀족 부인들 사이에서 퍼지기 시작하면서 오후 4시경 이루어지는 영국식 다회, 애프터눈티의 모티프가 되었다. 이처럼 애프터눈티는 영국 귀족문화의 상징이 된 이국적인 음료와 급속도로 진행된 산업화에 따른 저녁식사 시간의 변화에서 기인한 것이었다고 볼 수 있다.

그런데 베드포드 공작부인이 영국의 찻상문화를 창조한 것은 아니다. 이미 유럽 귀족 사회에서는 중국의 찻상문화가 유행했고, 영국에서는 17세기 중후반에 이르러서야 포르투갈 공주인 카타리나 드 브라간사에 의해 중국차가 인기를 끌게 되었다. 그러나 베드포드 공작부인이 영국 찻상문화 역사에서 상당한 중요한 존재로 거론되는 이유는, 그녀가 고안해낸 작은 행동이 영국의 여성 사회에 큰 변화를 가져다주었기 때문이다. 그녀 덕분에 여성이 설 자리가 없었던 보수적인 남성 중심 사회에서 내실의 티타임 문화는 여성이 주도하는 문화로 확고히 자리를 잡았다.

같은 시기에 제국주의에 의해 동양에서 진행된 홍차 생산이 대성공을 거두면서 영국의 찻상문화는 (동양에서 비롯된 찻상문화를 제외하면) 서양의 유일한 찻상문화로 거듭나게 되었다. 급기야 그리도 엄격히 구분했던 여성과 남성을 한 공간에 몰아넣는 티가든을 출현시켰으며, 차를 중심으로 다양한 문화를 결합하면서 20세기 초 영국 사회를 점령했다. 티가든은 실내악과 피아노곡이 연주되고 시를 읊는 살롱의 공간이었다. 1910년대에 아르헨티나의 탱고가 런던에 들어와 선풍적인 인기를 끌었는데 이를 찻상에 접목해 티타임 탱고라는 개념까지 생겨났다. 현재도 런던이나 뉴욕의 빅토리안 정통 애프터눈티를 선보이는 하이엔드 호텔들에서는 다회가 열리는 동안 실내악 혹은 하프 연주를 선보이기도 한다.

나는 차보다는 찻상미학에 먼저 빠져들면서 영국식 찻상 차리기를 좋아하게 되었고, 유독 홍차 세계에 흥미를 가지게 되었다. 그러나 홍차에 몰두하게 된 보다 결정적인 순간은 처음으로 중국의 기문을 맛보고 감동을 받았을 때다. 티소믈리에가 우려주는 차를 음미하면서 친숙해졌던 여느 차들과 다르게 기문은 내가 직접 구입해 우려내면서 접한 차였다. 그리고 난생처음 맡아본 그 차향은, 세상에는 인간을 우울하고 어두운 심연 속으로 끌어당기는 것들이 난무하지만 이토록 인간을 황홀하게 만드는 것들 또한 존재한다는 사실을 새삼 깨닫게 해주었다. 프로이트가 인간의 정신은 같은 성질의 감정을 계속해서 끌어들여 비슷함을 반복적으로 창조한다고 하였던가. 행복감은 계속해서 행복한 것들을 끌어당기며 불

행은 계속해서 감정을 불편하게 만들 것들을 찾아내어 인간의 삶 안으로 집어넣으려는 습성을 지닌다. 찻상 앞에 앉은 나를 느끼고 상대방과 명랑한 교감을 나누는 데서 비롯된, 그간 인생에서 경험해본 적 없던 충만감과 행복감은 나를 찻상의 세계에 몰입하게 만들었다.

나보고 인생 최고의 홍차를 꼽으라면 기문, 실론Cey-lon*의 한 종류인 누와라엘리야Nuwara Eliya**를 들 것이다. 누와라엘리야 역시 휘날리는 듯한 섬세한 꽃향이 매혹적이다. 하나 처음으로 향긋한 난향의 기문을 맛본 그 황홀했던 순간은 행복하고 싶은 인간적인 본능을 자극하여 삶의 방향을 바꾸어놓았을 만큼 강렬했다.

애프터눈티는 격식과 에티켓을 매우 중시했던 찻상이다. 화려한 실내 장식과 꽃꽂이로 분위기를 살린 티룸의 테이블에는 고급스러운 테이블보를 깔고 티푸드용 개인 접시를 비롯해 은이나 자기로 정교하게 만든 찻잔, 포크, 티스푼 등의 티웨어를 세심하게 세팅해놓는다. 사람들은 실

* 스리랑카(과거에는 실론이라고 불렸다)에서 생산되는 홍차를 일컫는다. 원래 이 나라는 커피 최대 생산국이었으나 1869년 창궐한 병 때문에 커피나무가 모두 죽어 커피 농업을 이어나갈 수 없게 된 이후 차나무를 대량으로 심어 홍차 주요 생산국으로 거듭났다.

** 스리랑카의 해발고도 1,830m에 위치한 누와라엘리야 마을에서 생산되는 오렌지빛 홍차. 깔끔한 맛과 감미로운 향으로 유명하며, '실론 홍차의 샴페인(The Champagne of Ceylon tea)'이라고도 불린다.

내악이나 독주 연주를 즐기면서 티타임, 즉 다회를 만끽한다.

애프터눈티는 풍미 가득한 티푸드와 한껏 멋을 낸 찻상의 시각적 효과와 기분 좋은 연주, 향긋한 차를 즐기며 사람들과 즐거운 대화를 나눌 수 있는, 그야말로 오감을 만족시키는 고급스러운 찻상이다. 이런 애프터눈티는 대략 세 시간 정도 소요된다. 현재 수많은 유럽식 티룸과 아틀리에 등이 애프터눈티를 즐길 수 있는 서비스를 활발히 운영하고 있다. 전 세계의 하이엔드 호텔들도 특색 있는 화려한 티룸을 마련해 정통 애프터눈티를 제공하는 중이다. 호텔에 따라서는 그 나라만의 독특한 문화를 반영하여 창의적인 찻상 장식과 차 메뉴, 티푸드 등을 선보이기도 한다. 애프터눈티를 즐기려는 사람이 많아지면서 붐이 일자 부담스럽지 않은 간소한 버전의 애프터눈티를 제공하는 곳들도 늘어났다. 그럼에도 꾸준히 많은 세계인이 애프터눈티의 고향인 런던을 찾아 곳곳에 자리한 티룸에서 정통적인 빅토리안 다회를 즐기려고 한다.

파리 유학 시절, 내 주변에는 뭐든 능수능란하게 만들어 먹는 친구가 많았다. 그들은 매콤한 닭 볶음 요리를 할 줄 아는 것은 기본이고, 여름에는 냉면 육수를 뽑아 냉장고에 쟁여두었으며, 겨울에는 만두를 빚었고, 없는 게 없는 중국 시장에서 쌀가루와 팥을 사와 호빵을 쪄

댔으며, 배추를 절여 김치까지 담가 먹었다. 요리를 하러 유학 온 건지 헷갈릴 만큼 각자의 그 좁디좁은 원룸에서 못 해먹는 것이 없었다. 그리고 나에게 그들은 다른 세상에 사는 사람들 같았다.

엄마는 내가 어렸을 적부터 "뭐 일부러 배울 게 없어서 부엌에 드나드는 일을 배우냐. 엄마 인생처럼 되고 싶냐"고 야단을 치면서 부엌이라는 공간으로부터 나를 유난히도 분리했다. 어른이 될 때까지 막내로 살아온 나에게 부엌 일은 내가 해서는 안 되는 일이자 감히 도전할 수 있는 세계의 것이 아니었다. 그런데 런던에서 애프터눈티 수업을 받은 뒤로는 변화가 생겼다. 부엌 또한 나의 일상적 공간 중 하나가 된 것이다.

2014년, 영국 찻상에 대해 배우기 위해 런던에서 애프터눈티 수업을 받았다. 오랜 시간 몸과 정신으로 익히는 동아시아의 찻상과 비교하면 영국 찻상은 대체로 누구나 쉽게 티테이블에 찻상을 차려 이를 즐기는 보다 사교적인 성격을 갖고 있다.

어느 조용한 주택가에 다다라 주소를 확인하고 해당 건물의 초인종을 누르자 중년의 우아한 선생님이 나와 반갑게 맞이해주었다. 색색의 퀼트 천으로 장식해 멋을 낸 응접실이 있고, 통유리를 통해 밝은 여름 정원이 훤히 보이는 전형적인 빅토리안 스타일 주택이었다.

내가 오늘 배울 것은 애프터눈티 찻상에서 가장 중요한 네 종류 샌드위치와 스콘, 쇼트브레드 같은 티푸드를 만드는 법이었다. 스콘은 영국 티푸드에서 빠질 수 없는 메뉴로, 과일잼과 클로티드크림을 입맛에 맞게 발라먹는다. 나이프와 포크가 필요한 스콘과 케이크를 제외한 다른 티푸드들은 한입 크기의 핑거푸드로 만들어져야 한다. 수업은 우선 샌드위치 만들기를 배우는 것으로 시작되었다. 식빵 가장자리를 손질하는 가장 기초적인 부분부터 가르쳐주어서 칼질조차 제대로 익힌 적 없는 나에겐 더할 나위 없이 체계적인 수업이었다. 모든 티푸드의 재료가 단순하며 만드는 방법이 그다지 복잡하지 않아 나는 매우 놀랐다. 그전엔 베이킹이라고 하면 하얀 주방장 모자를 쓴 사람들만 할 수 있는 것이라고 생각했는데, 내가 이렇게 뚝딱 따끈한 스콘과 쇼트브레드를 구워내니 여간 신기하고 재밌는 게 아니었다. 내 안의 또 다른 나를 마주할 수 있는 순간이었다고나 할까.

티푸드를 완성한 뒤에는 아까 본 응접실의 테이블 위에 홍차와 함께 차려냈고, 여름정원에 있던 싱싱한 장미를 가져와 장식해놓자 찻상이 완성되었다. 일본 찻상과 마찬가지로 영국 찻상에서도 꽃은 빠질 수 없다. 유럽에서 꽃꽂이 방식은 영국, 독일, 프랑스마다 다르며, 각 나라의 정원 양식과 밀접한 관련이 있다고 한다. 나는 영국 찻상을 차릴 때는 딱히 특정 이벤트가 없으면 티테이블의 색감을 살피며 손질하지 않은 듯 무심하게 꽃을 꽂았다. 또는 찻잔 같은 티웨어를 활용해 꽃을 장식했는데, 그러면 찻상과 가장 자연스럽게 어울리는 효과가 났다.

선생님과 나는 본격적으로 티푸드와 홍차를 먹고 마시며 이야기를 나누었다. 선생님은 이제는 하도 만들어 질리셨는지 차만 홀짝이셨고 나는 푸짐한 음식들을 보니 허기가 밀려들어 뜨거운 홍차를 연신 찻잔에 따르며 샌드위치와 스콘을 실컷 맛보았다. 여간 맛있는 게 아니었다. 내 안에서 점점 성취감과 자신감이 부풀어갔다. 애프터눈티 푸드를 만드는 방법이 생각보다 복잡하지 않아 나도 어찌되었든 차려낼 수 있다는 사실을 실감했기 때문이다. 그저 선생님의 가르치는 방법이 좋았던 것일지도 모르지만.

선생님은 자라면서 할머니가 차리는 애프터눈티를 보고 배우며 자연스럽게 일상문화로 몸에 익혔다고 한다. 옛날 영국 가정의 찻상 앞에서는 어떠한 깍듯한 예절과 놀이가 존재했는지도 들려주셨다. 그러나 진부한 과거 스타일보다는 요즘처럼 각자의 자유로운 문화가 오히려 돋보이는 찻상을 만들어내는 것 같다고 말했다. 어쩌면 나는 상대의 문화를 배려하려는 그녀의 수업 방식이 사랑스러워서 이날의 애프터눈티 수업이 마냥 좋았는지도 모른다.

이후 뉴욕에 돌아온 나는 주야장천 스콘과 쇼트브레드를 구우며 수없이 찻상을 차려냈다. 그러다 보니 처음에는 그리도 이국적이고 어렵게 생각되었던 샌드위치는 이제 식상한 지경에 이르렀다. 결국 평범한 티푸드를 대신할 수 있는 메뉴들을 찾아다니는 취미까지 생겼다.

이제 내가 가장 즐겨 내놓는 티푸드는 가리비나 점보 새우를 듬뿍 넣은 한국의 파전, 향긋한 민트와 어울리는 담백한 닭가슴살 혹은 새우를 넣은 스프링롤이다. 프랑스 파리에는 내로라하는 세계적인 셰프들과 소믈리에들이 몰려 있다. 그중 김치에 매혹당해 깊게 연구하는 요리사와 와인소믈리에한테 김치전에 보르도산 레드와인을 곁들여 먹으면 흡사 견과류를 씹는 듯한 고소함을 맛볼 수 있어서 궁합이 환상적이라는 얘기를 들은 적이 있다. 그런데 차의 세계에도 비슷한 예가 있다. 한국인은 파전하면 으레 막걸리를 떠올릴 것이다. 그러나 파의 달콤한 향과 해산물의 감칠맛은 중국 윈난성에서 생산되는 홍차들처럼 다소 바디감이 짙고 향과 맛이 강한 차와 굉장히 잘 어울린다.

영국의 애프터눈티 찻상에서 샌드위치는 세련된 음식이라기보다는 만들어 먹기 편한 일상적인 티푸드에 가깝다. 이를 고급스럽게 퓨전화한 것이 하이엔드 호텔들의 애프터눈티다. 티푸드는 차와 어울리는 단순하면서도 풍미 가득한 음식이면 된다. 따라서 우선 자신의 일상에서 친숙한 재료를 찻상 위로 끌어들이면 된다. 나와 가장 친한 문화. 이 문화를 솜씨 좋게 다루는 것이 최고의 찻상을 차려내는 방법이라고 생각한다.

나는 찻상미학과 관련해 그 나라와 문화에 정의를 내리면 안 된다고 생각한다. 차는 본디 인간이 만들어낸 소유물이 아니고 자연의 것이기 때문이다. 역사적으로 차는 귀족문화로서 발전했다. 그 여파인지 여전히 많은 사람이 찻상문화라고 하면 딱딱한 매너와 에티켓이 우선시되는 특정 계층의 전유물로 이해한다. 따라서 무의식적으로 이질감을 느끼며 어려워한다. 그러나 차의 본질이 무엇인지 이해한다면 찻상의 정신적 가치는 누구나 누릴 수 있는 특권임을 알게 된다.

당나라 시대의 문인 육우가 쓴 차 전문서 《다경茶經》에는 신농씨가 차나무 잎이 떨어진 물을 마시고 독초에 감염된 몸을 치료했다고 한다. 이후 그 이로움을 인간에게 전하고자 차나무를 재배하기 시작했다. 이처럼 태초에 차는 모든 인간을 위하는 마음에 기원을 두고 있다. 현재까지 찻상이라는 공간이 인간을 매혹하는 강렬한 문화로 자리할 수 있었던 까닭은 이처럼 이로움을 주고자 하는 차의 정신 때문 아닐까. 자연이 우리 인간에게 내어주는 감사한 기운을 그저 겸허한 마음으로 즐길 때 자신에게 차란 무엇인지 이해할 수 있다. 아무리 찻상이 아름답고 화려해도 이러한 겸허함이 보이지 않는다면 이는 차의 본질을 놓친, 진정한 미학이 결여된 찻상이라고 할 수 있다.

크림티가 있는 그리운 찻상

날을 잡아 티룸을 예약한다. 멋들어지게 차려입는다. 점심을 가볍게 먹거나 건너뛴 뒤 지인과 좋은 시간을 보낸다. 이것아 애프터눈티의 진미다. 나 역시 그 느긋한 미학에 빠져 영국 찻상에 발을 들인 사람이다.

그런데 영국 찻상 중 크림티Cream tea는 다소 격식을 따질 때도 있는 애프터눈티와 사뭇 다르다. 크림티란 차와 스콘을 즐기는 찻상으로, 애프터눈티의 가벼운 대용이나 일레븐시스용 찻상이다. 일레븐시스는 오전 11시경에 점심 전 생기를 북돋기 위해 잠깐 가지는 가벼운 티타임을 말한다.

일상에서 갑자기 차 한 잔하며 여유를 느끼고 싶을 때나 분주한 잡념 따위를 내려놓고 싶을 때 나는 크림티를 준비한다. 정해진 양식대로 차린 찻상이 아니어도 좋다. 어느 오후 부지불식간 이루어질 수 있는, 계산되지 않은 하루의 이벤트 같은 것이다. 그 시간 동안은 내가 무슨 생각을 해야 하는지, 내일은 무슨 일이 일어날지, 무엇을 해야 할지 따위에 집중하지 않아도 되며, 그저 찰나의 느슨함을 온전히 내 것으로 받아들일 수 있다.

영국은 19세기에 홍차의 나라로 부상하면서 20세기에 들어서 엄청난 차 소비량을 기록했다. 영국인들은 아침에 눈을 떠서 밤에 잠들 때까지 하루에도 예닐곱 번 티타임을 가졌다. 현재도 많은 영국인이 일상생활 속에서 수시로 차를 마시는데, 매번 정식으로 찻상을 갖추어놓고 즐기지는 않는다. 그저 뜨거운 물이 든 단순한 잔에 티백을 넣어 우려낸 뒤 우유를 붓고 휙휙 저어 맛있는 밀크티 한 잔을 만들어낸다. 그 밀크티와 함께 그 순간을 즐긴다.

내가 찻상문화에서 최고의 가치로 생각하는 정신도 이렇다. 단 몇 분이라도 의식의 흐름을 조용히 관찰할 수 있는 시간을 만들어내어 내면의 속삭임에 귀 기울이는 것이다. 지나간 과거나 보이지도 않는 미래에 자신의 존재를 늘상 엮어놓아 지금의 나를 놓치는 것이 아니라, 찰나에 집중하고 주위에 펼쳐진 모든 것과 함께 호흡할 때, 그 주변까지 에워싸는 명랑한 기운이 무작위로 쏟아져나온다.

런던의 피카딜리 광장을 나오면 화려한 쇼핑가인 리젠트 거리로 이어지는데 그곳에 크림티가 매우 훌륭한 티룸이 있다. 나는 무거운 애프터눈티가 아니라 가벼운

건물들 일층마다 상점이 들어선 리젠트 거리

찻상을 가지고 싶을 때면 이곳을 찾는다.

티룸 문을 열고 들어가니 손님으로 꽉 채워지진 않았지만 그래도 오후의 티타임을 즐기고 있는 테이블이 몇 있었다. 창가에 이인용 자리가 있길래 거기로 안내해 달라고 부탁했다. 그리고 다소 연한 다르질링 홍차가 포함된 크림티를 주문했다.

나는 창을 통해 런던 특유의 중후하고도 차분한 분위기에 지배당해 결코 들뜬 느낌을 내지 않는 시내의 전경을 바라보았다. 티룸은 일층에 있었고 리젠트 거리가 한눈에 들어왔다. 바로 앞쪽에는 위타드 차점이 있다. 런던은 영국이 홍차 세계를 열었을 때 생겨난 홍차 회사들의 분점이 거리마다 가득한 곳이다. 이 홍차 회사들은 각자만의 시그니처 블렌디드나 가향차로 세계인들을 사로잡고 있다. 같은 얼그레이 홍차라 할지라도 회사마다 레시피가 달라, 그 맛과 향이 서로 비슷한 듯하면서도 브랜드에 따라 다른 개성을 지니고 있다. 나는 위타드의 아삼Assam*을 모든 브랜드의 홍차 중 최고라고 생각한다. 런던에 방문할 때마다 몰트향이 진하게 올라오는 위타드의 아삼을 종류별로 구입하지 않은 적이 없다. 20년 전 런던 유학 시절에도, 초라한 책상 위에 늘 올려져 있던 얼그레이 티백을 여기

> * 비가 많이 오는 인도의 아삼 지방에서 탄생한 홍차. 붉은빛을 띠며 맛이 강해 우유를 넣어 밀크티로 만들어 마시기도 한다.

서 구입하곤 했다. 그래서 런던 거리를 거닐다 이 위타드 차점을 마주치노라면 어렸을 때 살던 동네의 단골 구멍가게를 지나는 듯한 진한 향수를 느낀다.

이내 따뜻한 스콘과 함께 향긋한 차가 나왔다. 잘 우려낸 다르질링으로 목을 축이며 예쁘게도 차려진 찻상을 물끄러미 바라보니 몸이 나른해지면서 기분이 좋았다. 두 겹짜리 스콘 두 개와 클로티드 크림, 과일잼이 디저트용 나이프와 함께 서빙되었다. 둘로 가른 스콘 한 면에 클로티드크림과 과일잼을 올리고 이를 다시 덮어 한 입 크게 베어물자 고소한 버터향과 과일잼의 달콤함이 입안 가득 퍼졌다. 이어 다르질링을 한 모금 더 마셨다. 그 달콤함과 쌉싸름함은 나를 무아지경에 빠지게 했다.

천장이 높고 공간이 넓게 트여 있어 밝고 환한 인상의 이 티룸은 내가 런던에서 가장 편안하게 들락거리는 곳이다. 유럽식 디저트를 전문으로 하며 맛깔난 페스츄리를 맛볼 수 있을 뿐 아니라 제대로 차를 우려내는 티룸이기에 런던에 방문할 때마다 꼭 찾아 크림티를 즐겼다.

그러나 코로나19가 발발하기 직전인 2019년에 들렀을 때, 얼마 전부터 애프터눈티만을 내고 있으며 더 이상 크림티를 제공하지 않기로 하였다는 소리를 들었다. 수지가 안 맞았던 모양이다. 대신 일인용 애프터눈티를 차리고 있는데, 그리 무겁지 않은 구성과 새로운 레시피를 많이 선보여 인기가 좋다고 한다. 옥스퍼드 거리로 통하는 런던의 중심 리젠트 거리를 바라보며 즐기던 크림티가 못내 아쉽다.

그해의 동방미인을 나는 이후 찾을 수 없었다

차점 가는 길

주말 오전의 옥스퍼드 거리는 평일의 소란스럽고 부산한 모습과는 정반대로, 같은 장소가 맞나 싶을 정도의 한산함을 보여준다. 내가 방문하려는 차점이 문을 여는 시간에 맞추어 가려고 여기저기 참견을 해대며 천천히 거리를 올라갔다. 옥스퍼드서커스 역의 사거리가 나오면서 오른쪽으로 나의 유학 시절 추억이 담긴 올소울 교회가 보였다.

신호등 불빛이 바뀌기를 기다린 뒤 횡단보도를 건너 계속 직진하는데 상당히 앳되어 보이는 여성이 영국식 억양이 살짝 섞인 영어로 길을 묻는다. 다행히 내가 아는 곳이라 나처럼 계속 직진하면 된다고 대답해주었고, 몇 분간의 짧은 동행 동안 예상치 못한 대화가 오갔다. 그녀가 런던에 거주하느냐고 묻기에 홍차 공부를 위해 방문 중이며 여정이 거의 마무리되고 있고 지금은 그간 방문하고 싶었던 차점에 가는 중이라고 설명했다. 그랬더니 그녀가 차는 영적인 음료가 아니냐며 천진하고도 순수한 질문을 했다. 명상 방면에서도 쓰임이 많은 음료이니 다소 그런 면이 없지 않아 수긍했다.

그녀는 자신은 지금 뮤지컬 주인공 오디션을 보러 가는 길인데, 몇 번째 보는 오디션인데도 많이 긴장되며 떨린다고 들려주었다. 긴장을 풀기 위해 계속 얘기를 하고 싶어 하는 것 같았다. 이윽고 서로의 목적지에 다다랐고, 그녀는 내게 계속 좋은 차를 공부하길 바란다고 성숙한 인사를 했다. 나는 오늘 오디션 본 곳에서 좋은 소식이 있을 거라고 말해주었다. 무슨 특별한 예지력이 있는 사람도 아닌데 그냥 그렇게 말해주고 싶었다. 어렸을 적 선생님들은 음악 콩쿠르에 나가는 우리에게 안 떨리게 만들어주는 약이라면서 하얀 알약을 하나씩 나누어주시곤 하였다. 우리는 그 시절 만능 해결사처럼 여겼던 선생님이 주시는 그 알약을 무슨 신비한 묘약이라도 되는 듯 연주 직전에 꼭 챙겨 먹곤 하였는데, 사실 그 묘약은 그냥 소화제였다. 사람의 심리는 본시 그런 것이다. 그 아가씨는 차를 영적인 음료로 생각하고, 런던까지 와서 차를 공부하는 내가 뱉어내는 말들을 진지하게 여겼기에 혹시 뭔가 사실적인 예언에 가깝게 들리지 않을까 하는 마음이 들었던 것이다. 무엇보다 나는 어린 나이에 열심히 오디션을 보러 다니는 그녀에게 좋은 일이 생기길 진심으로 바랐다.

세상에는 여행을 즐기는 사람이 많다. 사람마다 여행을 하는 목적이나 이유는 제각각일 것이다. 대자연의 경이로움도 그러할 것이며, 불가사의한 유적지나 멋진 뮤지엄 탐방도 여행의 이유가 될 것이다. 내가 생각하는 여행의 묘미 중에는 짤막한 인연과의 만남도 있다. 그런데 어느 날 한 친구가 내가 그렇게 스치는 인연들과 계속 연락을 주고받다가 언젠가 그 도시에 갈 일이 생기면 다시 만나는 것도 괜찮지 않냐고 물었다. 그저 나는 그 주어진 시간 안에서 후회하지 않을 만큼 진심을 다할 뿐이라고, 그렇기에 앞으로의 시간까지 계산하지 않을 뿐이라고 답했다.

산을 오르는 사람 중에는 빠르게 정상에 도달하는 것을 목적으로 삼아 직진하는 사람이 있는가 하면, 흐드러지게 핀 철쭉과 진달래를 흠씬 눈에 담아내며 정상에 도달하는 사람이 있을 것이다. 첫 번째 부류에 비해 다소 시간은 걸리겠지만 어디서 무엇을 하든 난 명백하게 후자인 듯하다. 좋게 말하면 호기심이 많아 주위에 펼쳐진 모든 것에 참견을 있는 대로 해대는 스타일이라고 할 수 있다. 그리고 산을 내려온 뒤 사람들이 그곳에서 무엇을 보았냐고 물으면 나는 진달래도 보고 인간도 보았으며 천지를 울리며 노래하는 새들도 보았다고 말할 것이다. 그리고 다시 그 산에 오를 것이냐고 묻는다면 언젠가 다시 기회가 되면 할 수는 있겠으나 산에 오르는 동안 이미 깊이 호흡하며 모든 것을 흡수하였기에 미련이 없다고 할 것이다. 매 순간 진심을 다해 온몸으로 그 기운과 소통하였기 때문이다. 다시 같은 인연이 주어진다면 더할 나위 없이 좋겠지만, 그렇지 않아도 추억이라는 이름으로 내 삶 속에 남김없이 담아냈기에 후회가 없다.

옆에 핀 진달래와 바람도 못 본 채 빠르게 정상으로 오르는 사람도, 산 전체가 그저 정상인 양 오르는 나 같은 사람도 각각 나름의 미학을 갖고 있을 뿐이다. 서로 다름을 인정하는 것을 배울 필요가 있다. 똑같은 습관과 생각을 가진 사람들만 세상에 득시글거린다면 인류의 역사는 진즉에 끝났을 테다.

몇 해 전 남편이 좋은 것을 보여주겠다며 권해 이탈리아의 피렌체로 여행을 떠났던 때가 생각난다. 우리는 다비드상을 보기 위해 우피치 미술관에 갔는데, 입장을 기다리는 관광객들의 줄이 어마어마하게 길었다. 게다가 7월 중순의 뜨거운 땡볕 때문에 숨이 막힐 지경이었다. 그래도 여기까지 왔는데 발길을 돌릴 수는 없었다.

일단은 숨 좀 고르자 하며 남편에게는 길게 늘어진 줄에서 있으라고 한 뒤 나는 그늘로 갔다. 그리고 이탈리아로 여행 오기만 하면 급격하게 체중을 불어나게 하는 주요 원인인 쌀젤라또를 핥으며 입장하는 인파를 감상하고 있었다.

벌겋게 달아오른 얼굴을 부채질하는데 옆에 앉아 있던 여자가 미술관에 들어갈 것이냐고 묻는다. 다비드상을 보려고 왔는데 줄이 하도 길어 여유를 좀 찾은 후에 들어가야 할 것 같다고 했더니 자신도 그렇게 생각한단다. 독일에서 왔다고 소개한 그녀는 이미 몇 나라를 돌았는지 피곤한 기색이 역력했다.

홀로 여행을 하는 사람들의 이야기를 들어보면 한마디도 하지 못한 채 하루가 지나는 경우가 다반사라고 한다. 그래서 이야기를 나눌 수 있는 사람을 만나면 반갑고 대화가 하고 싶단다. 나도 뉴욕 이스트햄프턴에 사는 동안 한국인과 한국어로 대화를 하면서 한국 음식을 먹는 게 꿈이었기에 무슨 뜻인지 알 것 같았다. 뮤지엄을 보기 위해 피렌체만 수년에 걸쳐 여러 차례 방문하고 있다는 이 여행가 역시 낯선 사람과의 소통이 매우 자연스러워 보였다.

뮤지엄들을 중심으로 세계 여행을 한다는 그녀는 나에게 어디서 왔냐고 물었다. 나는 한국인이고 뉴욕에서 왔다고 대답했다. 그랬더니 한국에서 태어나 살다가 완전히 다른 문화와 언어를 가진 세상 속에서 살아가는 건 어떠하냐며 뜻밖의 질문을 한다. 순간 굉장히 인간적인 질문이며 낯선 타인에 대해 상당히 깊은 이해를 갖고 있다는 생각이 들었다. 그녀는 뉴욕 메트로폴리탄 미술관이 생각보다 뛰어났다고 하고 나 역시 특별 전시가 훌륭해 좋아한다고 대꾸하며 우리는 반 시간가량 수다를 떨었다. 그녀는 앞으로도 세계 뮤지엄 여행을 멈추지 않을 거고 그럼으로써 자신의 존재와 삶을 이어나갈 생각이란다. 나에게도 이방인의 삶은 녹록한 것이 아니지만 그럼에도 계속 전진할 수 있도록 응원하겠다고 한다.

짧은 시간 속에서 위로가 되는 말을 해주는 사람을 만났다. 아니면 짤막한 인연이기에 순간 상대의 감정에 깊이 이입해 자신이 가진 최대한의 아량을 보인 것일지도 모르겠다. 하지만 무엇이 되었든 괜찮다. 이렇게 스치는 인연 속 교감이 내가 생각하는 여행의 묘미다. 다른 문화와 언어를 가졌음에도 인간이라는 공통점에서 비롯된 애잔한 감정, 인간애가 나를 계속 여행하게 한다.

여담으로, 그날 땡볕 아래에서 기다리고 기다리다 마침내 우피치 미술관으로 들어가 다비드상을 본 순간은 정말이지 내 생을 통틀어 매우 충격적이고 경이로운 순간 중 하나였다. 여기까지 힘들게 오기를 정말 잘했다고

생각했다. 보자마자 세상이 멈춘 듯한 느낌. 황금비율로
부터 강렬하게 쏟아져나오던 그 거대한 아우라를 잊지
못한다.

차점에 도달하다

오디션을 보러 가는 그녀와 헤어져 이윽고 그간 정말 와
보고 싶었던 차점 포스트카드티즈Postcard Teas에 문을 열고
들어섰다. 단조로운 느낌마저 풍기는 아담하면서 단아한
차점이었다. 흘러나오는 느낌 자체가 맑다. 막 문을 열어
서인지 손님은 없었고, 젊은 직원이 나오더니 시음이 가
능하니 마셔보고 싶은 차가 있으면 알려 달란다. 서너 종
류가량 구입할 생각이었던 나는 진열된 차들부터 구경
하였다. 이 차점에서 직접 블렌디드한 가향차들을 비롯
해 세계 각지의 차가 많았으며 한국산 녹차도 보였다. 그
중 대만의 대표 우롱차인 동방미인東方美人*이 내 시선을
사로잡았다. 소량으로 포장된 상태임에도 상당한 고가
였다. 혹시 가능할까 싶어 동방미인
을 맛볼 수 있느냐고 조심스레 물었
더니 시음할 수 있게 해주겠단다.

　　대만의 동방미인은 찻잎 재배 방
법이 참으로 이색적이다. 게다가 자
연 재배로만 생산되기 때문에 해마

*　소록엽선이라는
벌레가 갉아먹어
오히려 독특한 향과
풍미가 생겨난
찻잎으로 만든다.
따라서 농약을 칠 수
없고 가공 과정이
복잡하여 매우 비싸다.

포스트카드티즈의 세련된 검은색 외관

다 출하되는 양이 많을 수가 없다. 향과 맛이 유난히 뛰어난 해의 것을 구입하려면 경쟁이 다소 치열하다. 내가 마셨던 그해 그 다원에서 만들어진 동방미인이 그랬던 것 같다. 그리고 나는 아직까지도 그 풍미를 잊을 수가 없다.

내가 방문한 이 차점은 정수된 물이 아니라 미네랄워터로 차를 우려주는 곳이었다. 찻잎과 물은 바늘과 실 같은 사이다. 찻잎과 물의 궁합이 좋을수록 특유의 향과 맛을 제대로 뽑아주기 때문이다. 나는 잘 정돈된 티테이블 앞에 앉아 기다렸다. 타이머 울리는 소리에 이어 찻잔에 차를 따라내는 소리가 들렸다. 벌써부터 단내가 진동한다. 이내 직원이 내온 동방미인의 향을 맡고 한 모금 입에 적셨다. 벌레 먹은 동방미인 찻잎 특유의 시큼함과 달콤한 향이 미묘하리만치 섬세하게 퍼져나와 빠른 속도로 몸 전체를 타고 내려갔다. 두세 모금 연달아 마시자 무릉도원이 따로 없었다.

어느 정도 비웠을까, 직원이 가까이 오더니 차맛이 어떠냐고 물었다. 나는 이제껏 내가 마셔본 동방미인 중 최고이며 향이 너무 황홀하다고 극찬하였다. 그녀는 차가 이름대로 자신의 가치를 드러내는 것 같다고 재치 있게 답변했다. 나는 식으면 향이 흩어질세라 홀라당 다 마셔버리고 앉아 있었다. 머리가 맑아지면서 마음이 아주 상쾌했다. 그날 직원은 차 세 종류를 우려주었으나 난 유난히도 황홀한 맛을 자아내던 동방미인만을 기억한다.

동방미인과 이 차점에서 직접 만든 레몬 가향 홍차와 아삼을 사려는데, 직원이 올해 들여온 아삼은 그다지 좋지 못하다며 그것은 그냥 선물로 주겠다고 했다. 그래서 나는 대신 중국의 기문을 구입하려고 했지만 소량임에도 가격이 손이 절로 떨릴 정도라 끝내 집어 들지 못하고 실론을 하나 더 주문했다. 이후로도 그때 그 기문의 맛은 어떠했을지 궁금하였다. 그날 구입하지 못한 것을 두고두고 후회하였지만 인간의 어리석음을 어찌하랴. 때는 이미 늦은 것을.

2019년에 다시 런던을 방문하였을 때 같은 차점에 들렀다. 이전에 나에게 동방미인을 맛있게 우려주면서 함께 재미난 담소를 주고받았던 직원은 보이지 않았다. 대신 그날은 사장님이 있었다. 그래서 나는 몇 해 전 몹시도 향기로웠던 동방미인을 여기서 구입했는데 그 맛이 너무 일품이어서 혹시 같은 다원에서 들어온 것을 살 수 있느냐고 물었다. 그러자 사장님은 그해의 동방미인은 우리보다 운이 좋았던 당신이 더 잘 맛보았을 것이라고 한다.

차는 와인처럼 생산지의 지형과 고도, 토양의 성분, 기후 등에 따라 그 풍미가 좌우된다. 그렇기에 매해 똑같은 품질의 찻잎을 보장할 수 없다. 어느 해에는 일조량과 강수량이 좋아 우수한 품질의 찻잎이 생산되고, 그 반대로 다소 품질이 떨어지는 해도 있다. 이처럼 자연환경에 따른 영향을 테루아라고 한다. 이것이 중국의 차가 세계적으로 독보적인 위치를 차지할 수밖에 없는 이유다. 장강 이남의 산지들은 그야말로 차나무가 자라기에 천혜의 조건을 갖추었기 때문이다.

이처럼 차와 와인은 속성이 비슷하지만, 대부분의 찻잎은 오래도록 보관할 수 없다는 단점을 가졌다. 향이 빠져나가기 때문이다. 어떤 해의 차맛이 유난히도 좋아 찻잎을 한참 후까지 잘 보관하였다가 다시금 우려낼지라도 그 향이 아주 미세하거나 더 이상 남아 있지 않은 경우가 많다. 6대 다류* 중 보이차를 비롯한 발효차는 오래도록 보관이 가능하지만, 시간이 지날수록 숙성이 진행되면서 해마다 완전히 다른 향을 자아내기에 찻잎이 가공된 첫해의 풍미를 다시 맛보지 못하는 차가 대부분이다. 좋은 해에 생산된 차를 쟁여두고 오래도록 그 향을 벗 삼을 수 있다면 좋으련만. 수많은 차 애호가가 아쉬움을 토로하는 부분이다.

하지만 나는 이 또한 차가 지닌

* 녹차(비산화), 백차(약산화), 홍차(완전 산화), 황차(발효), 청차(우롱차라고도 부르며 부분 산화), 흑차(보이차가 속하며 후발효차)로 분류된다. 6대 다류에 속하는 개개의 차에 따라서도 산화와 발효 정도가 천차만별이다.

미학이라고 생각한다. 아름다운 향을 그득히 품고 있던 그해의 동방미인은 그해만의 가치로 남길 줄 아는, 내려놓음의 지혜. 그 후로도 좋은 품질의 동방미인은 꾸준히 생산되고 있을 것이다. 나는 앞으로도 또 다른 차맛으로 행복할 터이다. 지나간 빛은 그대로 묻어 과거로 흘려보낼 줄 아는 것도 오래 보관해놓고 두고두고 똑같은 향을 음미하는 일만큼이나 좋지 않을까.

차점을 떠나며

길고도 길었던 런던 여행이 마무리되었다. 오후 3시경 예매해놓은 파리행 유로스타를 타기 위해 일찌감치 세인트판크라스 역에 도착하였다. 이 역에도 포트넘앤메이슨 차점이 있다. 피카딜리에 위치한 본점에 비하면 규모는 구멍가게 정도이지만 그래도 대부분의 시그니처 가향차를 갖추어놓았다. 시간 가는 줄 모르고 예쁜 틴케이스에 담긴 차들을 구경하노라니 떠날 시간이 다 되었다. 기차에 타서 자리를 찾아 앉은 뒤 창밖을 내다보며 런던에 작별 인사를 건넸다. 떠나기 전에는 그리도 날씨가 화사하였지만 파리 북녘에 내렸을 즈음엔 기온이 뚝 떨어져 지극히 파리스러운 회색빛의 스산한 공기가 살 속으로 파고들었다.

중국 차점에서
우아한 향의 세계를 맛보다

식도락의 나라의 수도답게 파리에는 세계적으로 저명한 레스토랑들이 즐비하다. 셰프들은 늘 새로운 레시피를 찾아 세계인의 미각을 사로잡아야 한다. 파리 좌안에는 그런 그들의 예민한 혀를 깨어나게 하는 메카로 불리는 라메종데트와떼La Maison des Trois Thes라는 중국 차점이 있다.

파리의 요리사 지인에게 내가 한창 찻상에 빠져 있다고 하자 그는 파리 요리사들이 종종 찾아 중국차의 섬세한 맛과 향으로 미각을 드높이는 곳이 있다며 이 차점을 소개해주었다. 2015년 7월의 나른한 오후, 점심식사를 한 뒤 그곳을 찾아 나섰다.

어느 동네 한적한 골목길에 다다르니 중국 어느 거리에 있을 것 같은 멋스러운 중국풍 외관의 차점 앞에 이르렀다. 문을 열고 들어서자 동양인 점원이 어서 오라고 하면서 환한 미소로 맞이해준다. 천장은 높았고 중국식 가구들이 가득했으며, 겉에 한자가 쓰인 차통들이 벽면을 따라 무수히 진열되어 있었다. 흡사 송나라 시대에 고급스러운 다회에 참석한 어느 귀족 부인처럼 나 역시 한 손에 부채를 들고 얼굴을 살짝 가려주어야 할 것 같은 고풍스러운 분위기다.

정문 쪽 창가 자리에 앉자 친절한 미소를 띤 점원이 메뉴판을 들고 와서 속삭이듯 나긋나긋한 말투로 세세히 설명해주었다. 메뉴판을 살펴보니 차 종류가 열거하기 힘들 정도로 많고 가격도 천차만별이었다. 특별히 좋아하는 차가 있냐고 묻기에 나는 중국차에 막 입문한 참이고 이렇게 봐서는 하나도 모르겠다고 답하며, 적당히 향긋하고 가격은 너무 높지 않은 종류로 추천해 달라고 부탁했다. 그랬더니 점원은 대홍포大红袍*가 좋을 것 같다고 한다.

대홍포는 우롱차에 속한다. 우이산 절벽에 대홍포 모수母樹는 달랑 여섯 그루뿐이고(명 시대에 발견한 네 그루와 이 나무들의 가지로 삽목 번식해 키운 두 그루가 있다), 2007년 이후 이 오래된 모수들을 보호하기 위해 법으로

* 중국 푸젠성의 우이산 바위 틈에서 자란 차나무에서 생산되는 차. 명나라 때 황후의 병을 고쳐 황제가 차나무에 황실의 상징인 붉은 옷을 내렸다는 설화에서 이름이 유래했다.

모수의 채엽이 금지되었다. 현재 생산되어 시장에 나오는 대홍포는 무성 번식 성공으로 조성된 다원을 통해 만들어진 것이다. 그 맛과 향의 품질이 모수의 것과 상당히 흡사하다고 하나, 중국에서도 황실만이 쉽게 접할 수 있었던 옛 대홍포는 어떤 감동을 가져다주었을지 참으로 궁금하다. 대량생산을 위해 인위적으로 조성된 다원에서 인간에 의해 길러진 차나무의 향과 달리, 기나긴 세월 동안 남쪽 하늘 아래 비탈진 높은 산 깊숙이 뿌리내려 그 영양과 기운을 홀로 온전히 흡수해낸 향취가 어느 정도였을지 말이다.

오래된 주전자 속 물이 은근한 불에서 서서히 끓었다. 정량된 찻잎을 자사호紫沙壺*에 넣고 기포가 약하게 일어난 물을 넘치도록 붓자 은은한 향이 찻상 주변으로 퍼지기 시작했다. 앙증맞은 크기의 자사호에서 우러난 차를 작은 찻잔에 담아 마시니 흡사 타임머신을 타고 송나라의 어느 다점에 와 있는 듯했다. 향취가 머리카락이 곤두설 만큼 황홀했다.

좋은 품질의 중국차는 몇 번이고 계속 우려내도 향이 쏟아져나오는데, 첫 잔이 내어주는 향과 두 번째 잔이 내어주는 향이 다르며, 세 번째 내어주는 향 또한 다르다. 그 힘이 도대체 어디서 나오는 것

* 중국 장쑤성의 이싱에서 자사(紫沙)라는 흙으로 만들어 유약을 바르지 않은 작은 주전자.

인지 신기할 따름이다. 아무리 뛰어난 지식으로 차를 만들어낸들 자연의 힘이 받쳐주지 않으면 이러한 향의 세계는 창조될 수 없을 것이다. 자연이 내어주는 영롱함과 이를 이해해낸 인간의 소박한 지혜가 탄생시킨 결과물이지 않을까. 차를 진정으로 애호하는 사람들은 과시를 목적으로 차를 대하지 않는다. 자연에 대한 겸허함이 담기지 않은 자세는 차의 본질부터 잘못 이해하고 있는 것이다.

서울, 백차를 닮은 그녀의 찻상

2018년, 한국에서 플루트 앙상블 오케스트라에 참여했을 적의 일이다. 나의 은사님은 내가 한창 프랑스 유학 준비를 하던 도중 선배의 소개로 인연을 맺게 된 분이다. 당시 막 미국 유학을 마치고 돌아오신 선생님에게 나는 파리로 떠나기 전까지 플루트를 사사했다. 우리를 연결해주었던 선배가 결혼하여 낳은 자녀가 현재 선생님의 제자가 되었을 만큼 그간 엄청난 세월이 흘렀다.

나는 선생님의 첫 번째 제자 세대였다고 할 수 있다. 선생님은 내가 레슨실을 수년간 들락거리던 이십 대 시절부터 음악뿐만이 아니라 내 삶에서 일어난 역사적 사건을 모조리 지켜보셨다. 힘든 일을 겪고 방황할 적에는 괜찮다고 다독이시면서 나를 잡아주셨다.

선생님께서 지휘하는 오케스트라 연주였기에 매주

연습이 진행되는 동안 주기적으로 뵐 수 있었지만 개인적으로 따로 만남을 갖기가 힘들었다. 연주 직후 나는 일본 교토를 방문하였기에 우리 둘만의 만남은 내가 교토를 다녀온 뒤에 이루어졌다. 나는 커피를 사랑하는 스승에게 내가 사랑하는 차를 선보이기 위해 루피시아의 로제로열과 선생님께 어울리는 색감을 지닌 다구를 선물로 준비했다. 그리고 일본에서 구입한 실크처럼 부드러운 노란 종이로 정성스럽게 포장하였다.

선생님과 나는 점심을 먹으며 그간의 안부와 연주회 이야기를 늘어놓으며 한참 수다 삼매경에 빠졌다. 내가 점점 찻상이라는 공간에 헤어나올 수 없을 만큼 빠지고 있다고 토로하자 선생님은 당신이 자주 가는 호텔 라운지의 메뉴에 차 종류도 있는 것 같으니 함께 가서 마셔보자고 하셨다. 우리가 간 곳은 JW 매리어트 호텔이었다.

호텔 라운지는 중후한 중년처럼 세련되고 고급스러운 분위기가 물씬 풍겼다. 자리에 앉아 메뉴를 살펴보니 생각보다 고급 차가 많았다. 선생님이 나보고 알아서 당신 것까지 주문하라고 하시기에 선생님을 위해서는 백차白茶*인 백호은침白毫銀針을, 나를 위해서는 우롱진저를 시켰다. 트레이 위에 티포트와 찻잔, 다식인 초콜릿 쿠키, 무명천 냅킨 등이 정성스레 세

* 햇볕 아래에서 말리는 자연 산화 방식으로 만들어지는 차. 산화 경도가 약하다.

은사님을 위해 주문한 백호은침

팅되어 나왔다.

우롱진저를 음미하니 맛이 세지 않으면서 독특하다. 우롱진저는 특산 지역의 다원들에서 나온 우롱차가 아닌, 우롱차에 진저향을 가미한 가향차다. 그러나 가향차 특유의 가벼움보다는 나름의 진중한 멋을 갖추고 있다. 백호은침은 찻잎이 아니라 오로지 싹만으로 만든 차로, 생산되는 양이 적어 예로부터 귀하며 고가인 명차다. 또한 섬세한 차라서 끓는 물 온도가 70도를 넘으면 안 되며 다소 집중해서 우려내어야 한다. 뜨거운 물을 그냥 부어버리면 향이 나오질 않기 때문이다. 그리고 우려지는 동안 은빛의 보송보송한 솜털이 난 싹들이 수직으로 뻗어 내려가는 장관은 백호은침의 가장 큰 멋이다. 어쩌면 마시는 즐거움보다 눈으로 감상하는 즐거움이 더 큰 차라 할 수 있다. 안이 훤히 들여다보이는 유리로 된 티포트에 제공된다면 그 시각적 즐거움이 찻상의 멋을 극대화한다.

사실 다식으로 준비된 초콜릿 쿠키는 원체 향 자체가 강한 식품이기에 랍상소우총처럼 독특한 향이나 바디감을 가진 차가 아니라면 백차 같은 섬세한 차와는 어울리지 않는다. 차향을 다 무너뜨릴 수 있기 때문이다. 요즘 대부분의 호텔 라운지가 나름 고가의 차와 티푸드를 마련하며 메뉴 구성에 공을 들이고 있지만 가끔 가장 중요한 부분을 놓치고 있는 것이 아닐까. 티소믈리에까지 채용하며 티룸을 창조해내는 세계적인 호텔들도 있지만, 아직까지는 그렇지 않은 곳이 대다수인 것은 사실이다.

내가 교토에서 사온 선물을 선생님께 드리자 너무 고마워하며 노란 색상의 포장이 이쁘다고 감상을 덧붙이신다. 그 후 선생님은 잠시 전화를 받으러 나갔다 오셨는데 이내 돌아와서 하시는 말씀이, 대한민국 플루트 1세대이신 은사님에게 걸려온 전화였다는 것이었다. 나이가 지긋하신데도 여전히 활발하게 활동하시는 분이란다. 백 세 시대인 요즘 그렇게 활동적으로 살며 나이 들어간다는 것은 축복이라며 스승은 자신의 롤모델이고 자신도 그렇게 늙고 싶다고 하셨다.

그런데 선생님께서는 아시는지 모르겠다. 오랜만에 만난 제자가 뜬금없이 차의 세계에 빠져 있다고 하자 망설임 없이 시간을 내어 제자와 함께 알콩달콩 차를 음미해보시는 당신도 멋진 스승이라는 사실을. 그리고 그 제자 역시 그러한 따뜻한 마음을 가진 스승을 롤모델로 삼고 있으며 당신처럼 멋지게 나이 들고 싶어 한다는 사실을 말이다.

백차는 6대 다류 중 가공 과정이 가장 짧고 단순한 차다. 찻잎을 가공 후 우려낸 백차의 빛깔은 무색에 가까우며 향 또한 매우 여리다. 그래서 백차를 어렵다고 하는 이도 많다. 그러나 여리하게 흘러나오는 백차의 단순한 멋을 있는 그대로 받아들인다면 어려울 것은 하나도 없다. 어떠한 특유의 향이 퍼져나와 입안과 콧속 전체를 강타해야지만 좋은 차라고 할 수 없다. 아무 향도, 아무 빛깔도 갖고 있지 않은 듯한 그 잔잔한 멋 때문에 옛 중국 황실에서는 백차를 최고로 여겨 애호해왔다.

　오래전 사제로 맺어졌어도 제자에게 스승과의 관계는 늘 어렵다. 그럼에도 불구하고 긴 세월 해외를 돌고 돌다가 나이를 잔뜩 먹은 채 찾아뵈어도 처음 만난 그때처럼 어떠한 타산적 목적 없이 나를 품어주시는 스승의 맑고 순수한 모습이 참으로 백차와 닮았다.

살롱문화를 찾아 통영으로

어떤 장소는 특별한 기운을 갖고 있어서 그에 걸맞은 에너지를 분출시키는 듯하다. 예술가와 그가 작품을 탄생시킨 장소의 인연은 단순한 끌림에 의해서가 아니라 어떤 절대적인 무언가에 의해 이루어지는 것 같다. 19세기 인상주의 화가들이 영감을 찾아 눈이 부실 정도로 강렬한 태양빛이 내리쬐는 코발트블루 해안의 남부 프랑스에 모여든 것처럼 말이다. 한국에도 그와 비슷한 곳이 있으니 바로 한려수도의 중심지인 통영이다.

2022년 한국에 와서 처음으로 선택한 여행지는 통영이었다. 여명조차 없는 깜깜한 새벽에 출발하여 근 네 시간을 달려 통영 중심지인 강구안에 도착한 시각은 오전 8시 30분이었다. 따뜻한 남부 지역이어도 한겨울 바닷바람은 매서웠다. 하지만 하늘이 흐리고 어두웠기에 사

돌봄의 찻상

뭇 운치 있어 보이기도 했다.

아름다운 남부 해안에 자리하여 동양의 나폴리로 불리는 곳이지만 사실 나에게는 한때 상업으로 전 유럽 경제를 호령하였고 로마와 피렌체와는 또 다른 개성적인 문화 양식을 선보였던 옛 베네치아가 겹쳐 보이는 곳이다. 서유럽을 통한 바닷길 교역의 시대가 도래하자 상업에서 힘을 잃어갔어도 또 다른 잠재력을 끌어내 예술과 문화가 어우러진 도시로 재탄생했던 것처럼, 통영 역시 자본주의가 일찍이 성행한 무역의 도시였고 예술에 기반을 둔 강렬한 살롱문화가 20세기 초중반에 존재했다. 한반도에서 예술 혼을 가진 천재라면 한번쯤 둥지를 틀어본 영감의 땅이 바로 통영이었다.

철저한 계급사회였던 조선 시대에도 통영 어구에 들어서면 신분의 상징인 갓을 나무에 걸어두고 들어갔다는 《김약국의 딸들》의 내용처럼, 반가의 법도는 상업과 수공업이 발달하였던 그곳에서는 통하지 않았다고 한다. 흡사 교양문화, 살롱문화를 이룩해내는 데서 신분 차별을 하지 않았던 이탈리아인들의 자유로운 영혼과도 몹시 닮은 곳이라 할 수 있다.

1900년대 중반까지 이곳에는 예술인들의 메카로 불린 다방 세 곳이 존재했다. 코발트블루의 화가로 불리는 전혁림, 소 그림의 대가 이중섭, 한국의 미를 공예로 풀어낸 유강열, 일본에서 유학한 화가 장윤성이 함께 작품 전시를 하였다는 록음다방(호심다방)과 이중섭이 40여 점의 작품으로 개인 전시회를 열었다는 성림다방, 그리고 통영 최초의 사진전이 열렸다는 마돈나다방이다. 그러나 세 곳 모두 현재는 사라지고 없다. 그럼에도 나는 그 시절 그 뜨거웠던 열기를 감지하고 싶어서 통영에 도착하자마자 옛 다방들이 있었던 시내, 강구안의 통영항을 먼저 찾았다.

통영항을 중심으로 모든 것이 작고 예쁘게 옹기종기 밀집되어 있어 한 폭의 그림 같다는 것이 내 첫 인상이었다. 도시의 색채는 다채로우면서도 다정하였다. 그저 시야에 들어오는 해안의 풍광만이 근사한 곳이 아니었다. 물질주의가 일찍부터 팽배한 도시임에도 무조건 개발을 하기보다는 전통과 개성을 함께 살려내는 통영의 정신은 스스로의 가치를 진정으로 이해하고 있기에 똑똑해 보인다.

나는 옛 다방들이 있던 시내 거리를 산책하며 살롱 탐방을 해보았다. 아쉽게도 당시 다방들에 관한 자료나 사진이 없어서 그저 남겨진 주소를 따라 나설 뿐이었다. 여기 어디쯤이었을 거라고 추정해볼 뿐, 록음다방 외에는 새로이 들어선 건물과 시원스레 뚫린 도로 때문에 정확한 위치조차 애매모호했다. 하지만 연모하는 여인에

바다가 보이는 통영의 풍경

게 5천 통의 편지를 부쳤다는 청마 유치환의 역사가 담긴 통영 중앙동 우체국을 기점으로 그 시절 모든 다방이 근방에 퍼져 있었을 것이다. 다방이라는 형체는 사라졌지만 이 일대는 예술인들의 거리로 조성되어 여전히 그 시절의 혼백이 깃들어 있는 것만 같았다.

옛 다방들이 있던 길을 배회하고 나니 배가 고파 북적이는 생선구이 식당으로 들어갔다. 식사를 마친 뒤 나오니 통영의 명물이라 하는 충무김밥 가게가 즐비했다. 먹고 마시는 일에는 참으로 진심인 나는 지금 아니면 언제다시 통영에서 충무김밥을 먹어 보나 싶었다. 그렇게 두 번의 점심을 끝내자 배가 부르다 못해 터질 것 같아 차 한 잔하며 쉴 곳을 찾아 두리번거렸다. 커피와 차를 파는 테이크아웃 전문점이 보여 소화에 좋은 민트가 섞인 허브 녹차를 주문해 항구가 훤히 보이는 방파제 계단에 앉았다. 오들오들 떨면서 뜨거운 차를 연신 들이켜며 티타임을 가졌다. 민트의 상쾌한 향과 녹차 특유의 풋풋한 맛이 입안과 배 속을 타고 내려갔다. 바닷바람이 아무리 매서워도 탁 트인 항구와 동피랑 언덕까지 한눈에 보이는 계단이 그 순간 나에게는 최고로 근사한 찻상이 되었다.

일제강점기에도 무역업으로 오히려 호황을 누린 곳이 통영이었기에 당시 일본문화가 지리적으로 가까운 통영으로 넘어오기란 그리 어려운 일이 아니었다고 한다. 도쿄 유학생이었던 문인과 화가가 쉴 틈 없이 들락거렸던 통영에 살롱문화가 형성된 것도 이상한 일이 아니었으리라.

역사의 상징이었던 록음다방이나 성림다방이 파리에 있는 오래된 다방들처럼, 과거와 현재, 미래의 어느 날이 하나로 통합되는 그런 살롱으로 남았더라면 한국을 넘어 전 세계적으로 널리 알려진 문화 공간이 되었을지도 모른다. 사르트르와 보부아르가 글을 쓰던 파리 좌안의 다방들에서 여전히 그들의 혼이 불타오르며 과거의 예술적 유산이 이어져오고 있듯이 말이다.

아쉽긴 하지만 여전히 이 풍류의 도시에는 시대에 맞는 다방들이 존재한다. 과거 통영의 예술적 기운이 록음과 성림, 마돈나라는 다방에서 펼쳐졌다면, 지금은 세계의 내로라하는 음악인들이 찾아와 연주하는 국제음악당이 그 다방인 것이며, 통영을 소재로 한 작품을 발표하며 통영에서 말년을 보낸 전혁림 화가의 미술관과 한국 문학사에 큰 획을 그은 박경리 작가의 기념관, 예술인들의 흔적이 곳곳에서 흘러나오는 거리들이 그 다방인 것이다. 한 시대의 다방이란 문화와 예술이 통합적으로 깃든, 모든 찰나를 기억하는 곳이며, 그 공간이 사라졌다고 해서 그 예술 혼이 더 이상 존재하지 않는 것은 아니다. 시공간을 초월하며 계속해서 이어져 내려오는 정신이기도

한 것이다.

19세기는 교란의 시기였다. 청나라가 서구 열강들에 의해 무너져내렸고 중국 대륙만을 바라보며 고립의 역사를 이어나가던 조선 역시 대혼란의 시기를 마주했다. 이후 조선이 일본에 35년간 식민통치를 받으면서 한반도의 찬란했던 풍류와 고귀한 문화 유산들은 대거 유실되며 역사의 뒤안길로 사라졌다. 그러나 아이러니하게도 조선에서 특권 계층의 전유물이었던 찻상문화가 이 시기 완전히 다른 형태로 대중에게 드러나게 되었다.

중국 대륙과 한반도는 세계에서 유일하게 자기 제조 기술을 가지고 있었고, 이러한 독창적인 문명성을 바탕으로 차를 학문이자 예술로 승화하여 유례없는 찻상문화를 창조해냈다. 한반도 최초의 외래종교인 불교가 들어오기 전, 한민족의 신앙은 천지를 숭배했던 원시신앙이었다. 대자연에 대한 감사함과 염원을 담아 수확한 농작물로 정성스럽게 음식을 차려 하늘에 제례를 지냈다. 다 함께 어울려 먹고 마시며 가락을 뽑으며 신명나게 한 판 굿을 벌여 흥을 돋우었다. 사람과 사람을 잇고, 더 나아가 사람과 자연을 이어주었던 소통문화이자 명랑한 정신 세계에서 비롯된 한민족의 놀이문화였다.

차의 역사는 5천 년이 넘으며 문화의 형태로 등장한 것은 중국 대륙에서는 당나라 시대, 한반도에서는 삼국

↑ 모란 무늬를 새긴 고려의 상감청자 다구,
   메트로폴리탄 미술관 소장

↓ 꽃 문양을 새긴 조선의 나전칠기 탁자, 메트로폴리탄
   미술관 소장

시대라고 한다. 신라의 화랑은 풍류도라고 불린 조직이었다. 이 단체는 정신수양의 목적으로 차를 가까이 하였고 이 시기에 화랑들이 차를 마시고 수련했던 한송정이라는 곳까지 있었다. 이후 사찰의 권위가 가장 드높았던 불교국가 고려에서는 사찰 전용 다원과 차를 생산하는 다촌이 형성되었고 거리 곳곳에 다점이 생겨났다.

고려는 송나라에서 자기 기술을 전수받아 발전시킨 자기 생산국이었고, 송나라도 감탄했을 정도로 고도의 자기 기술을 선보였다. 신비한 아우라를 자아내는 비색의 순청자를 비롯해 고려 특유의 삼강 기법으로 무늬를 새긴 아름다운 삼강청자 등이 탄생했다.

이때 다기의 아름다움이 찻상 위에 드러났다. 떡차와 잎차뿐 아니라 송나라산 말차의 영향으로 연고차(가루차)도 유행하였다. 문인들로 구성된 고려의 사대부층이 찻상의 중심이 되면서 향락 추구를 넘어 예술성과 학문적 교양이 눈부시게 발전한 찻상문화의 전성시대가 열렸다. 이후 불교의 탄압으로 차문화가 사라진 조선에서도 찻상은 왕실과 선비 사회의 풍류로 존재해왔다.

한반도의 차 의식은 국가 안녕을 위한 제례와 왕실 행사이기도 했는데, 신라에 헌다獻茶의식이 있었다면 고려에는 진다進茶의식이 있었다. 이러한 고유의 민족정신을 기반으로 한 관습이 조선에서는 제례상에 차를 올리는 다례로 이어졌다.

북송의 수도 개봉과 고려 개경의 거리 곳곳에 자리하며 성행하였던 다점이 약 5백 년이 지나 다시 일상의 공간에 부활하게 되었으니, 그것이 바로 한성에서 하나둘씩 생겨나던 구라파풍 살롱(다방)으로, 당시 한국 지성인들의 메카였다. 일본은 아시아를 넘어 세계를 점령하는 발판으로 조선을 탐했고 그 일환으로 한성을 변화시킬 야심찬 계획을 세웠다. 철도가 놓이고 건물들은 근대식으로 바뀌었으며 수많은 일본인이 건너와 살기 시작했다. 그리고 조선에서 사라진 다원이 다시금 조성되었다. 기모노나 양장을 입은 여성들, 베레모를 쓴 신사들 그리고 제복을 입은 순사들이 활보하던 시대, 화려한 근대식 호텔 안에 파리 최초의 퍼블릭살롱 르프로코프Le Procope를 빼닮은 세련된 다방이 들어섰다. 이러한 다방이 점차 늘어나던 한성의 살롱문화 중심에는 대항해 시대 유럽을 강타하며 음료문화 시대를 열어낸 이국적인 두 음료가 있었다. 에티오피아에서 아라비아반도를 통해 전해진 커피와 동아시아 문화의 상징과도 같은 차다.

그러나 더 이상 중국풍 자기에 담긴 고혹한 액체가 아니라, 아편전쟁 이후 중국에서 차나무를 비롯한 차에 관한 모든 기밀을 빼돌리는 데 성공한 영국이 조성한 다원에서 전 세계로 유통된 홍차 혹은 커피가 유럽식 찻잔에 담겨 팔렸다.

찻상 위의 모든 것은 서구식, 그야말로 소위 '신식'이었다. 더 이상 아시아의 찬란했던 문명 시대의 흔적이 보이지 않을 만큼 말이다. 조선인들은 이 새로운 문명을 원하든 원하지 않든 받아들여야만 했다. 16세기 유럽인이 중국으로부터 낯설고 쌉싸름한 갈색빛 차를 받아들이며 찻상이란 공간을 교양문화로 인식하기 시작했던 것처럼 말이다. 새로운 시대가 열린 20세기를 이해하기 위해 까맣고 쓰디쓴 커피를 내 삶에 들어온 신문화로 인식하며 서구를 바라보아야 할 시간이었다.

그 중심에 이국적이면서 정체성이 다소 모호했던 다방이 있었다. 처음에 유럽인과 일본인이 차렸던 다방은 나라 잃은 문인들의 토론 장소로 각광받았다. 그들은 그 안에서 자유를 열망했다. 김이 모락모락 피어오르는 커피와 홍차를 앞에 놓고 학문을 곱씹거나 무엇이 잘못되었으며 지금 어떻게 하는 것이 최선인가, 라는 화두를 가지고 머리를 쥐어짰을 것이다. 그 서구식 음료가 이질적이었던 것만큼이나 자신들이 처한 현실과 앞으로의 이상 사이에서 괴리감을 느꼈고, 여기서 비롯된 영감을 바탕으로 수많은 명작을 탄생시켰다.

당시 지성인들의 세계를 평정했던 구라파풍 다방 중이상의 제비다방은 현재 문학계에서 여전히 그 흔적을 찾아 연구하고 있는 다방이다. 건축가였던 그가 공간을 설계한 제비다방은 지성인들이 모여 토론을 펼친 유럽 살롱들을 본보기 삼아 과히 모던하면서 세련되었다고 한다.

17~18세기에 중국 열풍이 전 유럽을 강타하면서 왕실과 귀족들은 그들의 궁전과 저택에 중국풍 다실을 지어 모방하기 시작하였다. 18세기에 문을 열어 유럽의 가장 오래된 카페라고 일컬어지며 지성인들의 집합소였던 베네치아의 카페플로리안Caffè Florian 내에서 중국식 방이 당시 가장 인기 있는 공간이었다. 이 사실이 말해주듯이 동아시아의 찻상은 유럽인들에게조차 단순히 음료가 놓인 공간이 아닌 문화 현상이었다.

1900년대 초 일제강점기에 들이닥친 구라파풍 다방은 사실 근대라는 너무도 생소한 시기 속에서, 돌고 돌아온 동아시아의 찻상문화와 유럽의 살롱문화가 교묘하게 어우러졌던 이색적인 공간이었다. 그리고 그 안에는 어김없이 한민족의 풍류의 힘이 잠재되어 있었다. 차를 벗 삼아 그림과 시를 피워내고 기백을 펼쳤던 선조들처럼 후손들 역시 다방이라는 공간에 문학과 미술을 담아냈다.

중국 차는 맛으로 마시고 일본 차는 눈으로 마시며 한국 차는 마음으로 마신다는 표현이 있다. 마음이라는 이 오묘한 단어의 뜻을 정의할 수 있다면 소통을 의미할

지도 모르겠다. 혼자 마실 때는 자신과의 소통이며 둘이 마실 때는 상대방과의 소통이고 그 이상은 흥겨움의 소통이 되는 것이 아닐까. 남녀노소 할 것 없이 모여 서로 마음을 나누고 한바탕 신명나게 풍악을 울렸던 놀이문화와 하늘에 감사하고자 차를 놓고 제례를 지냈던 한민족의 겸허한 정신, 이것들이 바로 옛 시대의 풍류였을 것이다.

녹차를 닮은 보통의 인생

한국은 세계 최대 굴 생산국 중 하나다. 한국에서 굴은 겨울철에 널린 만만한 식재료이나 서양에서는 해산물 전문 레스토랑이나 선보이는 고급 식재료다. 프랑스 레스토랑에서는 대체로 그 진한 풍미를 그대로 느낄 수 있는 생굴 요리를 내온다. 여섯, 아홉, 열두 개 단위로 주문하는 것이 보통인데, 아이스가 깔린 커다란 쟁반에 담겨 서빙된다. 레몬즙을 뿌리고 와인식초에 절인 붉은 양파 소스를 곁들여 먹는 차가운 겨울 에피타이저이며 샴페인이나 화이트와인과도 환상의 콤비를 이룬다.

　　그러나 나 같은 동양인에게 프랑스식 생굴 요리는 먹고 나면 한동안 위장을 힘들게 만들 수 있는 음식이다. 안 그래도 차디찬 생굴에 시큼한 레몬즙을 뿌려대고 산성이 강한 식초에 절여내 톡 쏘는 향미를 내는 양파까지 곁들어 먹다니. 버터와 치즈 같은 다소 느끼한 음식들로 면역이 된 서양인들 위장에는 별 탈이 없겠지만 나처럼 약한 위장을 가진 사람에게는 상당히 자극적이다. 강한 산미를 내는 와인과 생양파와 차가운 생굴 세트는 먹는 순간 행복할지언정 그 후에는 위벽이 쓸려나가는 듯한 통증을 느끼곤 했다.

나는 보기에도 탐스럽고 값도 저렴한 굴이 지천에 깔린 한국에서 따뜻하게 먹을 수 있는 굴 요리를 해보고 싶었다. 서양에 살면서 감히 도전해볼 수도 없었던 굴밥을 내 생애 처음으로 한국에 와서 지어보기로 했다. 앞서 적었듯이 먹고 마시는 일에는 참으로 진심인 사람이기에 일인용 가마솥까지 사서 지었다. 비릴까 봐 걱정하였던 것이 무색할 만큼 밥알까지 스며든 그 달고 고소한 굴향이 어찌나 향긋하고 맛 또한 훌륭하던지. 따뜻한 녹차와 함께 음미하자 진수성찬이 필요 없을 만큼 황홀했다. 나는 그날 저녁과 다음 날 점심 내내 굴밥을 지어 먹었다.

갓 지어낸 영양가 높고 고소한 굴밥은, 수산물 요리와 최고의 궁합을 선보이는 가벼운 바디감과 담백함을 지닌 녹차와 잘 어울린다. 산화 과정을 거치지 않은 녹차 특유의 산뜻함이 굴의 달큼하고 담백한 풍미를 올려준다. 녹차를 75도 정도의 수온으로 2분간 연하게 우려내어 맛있는 겨울 굴밥상에 곁들여보자. 꽤 괜찮은 행복의 맛일 것이다.

　중국 식문화에서 차와 음식의 관계는 매우 끈끈하다. 기름지고 풍미 가득한 그들의 요리는 깊은 향을 내는 중국차와 기막힌 콤비를 선보인다. 일본의 식문화에서는 날생선을 비롯한 수산물 요리와 해독 작용이 뛰어난 녹차가 좋은 짝을 이룬다. 일본식 녹차는 중국, 한국과 달리 차광막을 씌워 재배하며 찌는 가공법으로 부드럽고 감칠맛이 좋다.

　하지만 한국의 식문화와 차는 다소 애매한 관계에 있다고 하는 사람이 많다. 한국은 칼칼한 맛을 선호해서 맵고 짠 음식과 국물 요리가 발달했기 때문이라는 것이다. 하지만 고추의 강렬한 맛을 활용한 붉은 색감의 한국 요리는 사실 비교적 짧은 역사를 지녔다. 그 이전 우리 선조들의 음식은 대체로 재료 맛을 그대로 살려낸 순하고 담백한 요리였다. 그래서 전통 요리 중에는 현재의 맵고 강렬한 음식과는 사뭇 다른, 간장과 된장을 주 양념으로 사용하는 요리가 많다.

　뉴욕에서 내가 즐겨 찾는 한국 식당은 퓨전화한 전통 음식을 다식이 전혀 필요 없을 정도로 맛과 향이 좋은 한국 지리산 녹차와 함께 선보이며 뉴요커들에게 대단한 인기를 끌고 있다. 산채 비빔밥 같은 산나물 요리와 향이 몹시 근사한 더덕구이 등이 수채화를 닮은 수려한 밥상

자연미가 넘치는 하동 차밭

을 만들어낸다. 한 모금 홀짝일 때마다 입안을 향긋하게 가셔주는 맑은 하동 녹차와의 조화 또한 과히 압도적일 만큼 훌륭하다. 한반도 차 시배지인 지리산 하동의 야생 차밭에서 나오는 녹차는 재배차와는 달리 찻잎이 지닌 특유의 쌉쌀한 풍미를 그대로 간직하고 있다는 점도 한 몫할 것이다.

변화는 찻상문화의 핵심 키워드 중 하나다. 나의 남편은 특히 프랑스 남부를 사랑했다. 자신이 하는 일과 관련이 있기도 했지만 이곳 마을들이 지닌 여유와 아름다움을 높이 평가했던 것이다. 나는 매해 그를 따라 프랑스 남부에 위치한 칸에서 여름을 보냈다. 칸은 프랑스 남부의 가장 유명한 휴양지인 니스와도 그 멋이 다르며, 고유의 예술적 취향이 물씬 풍겨나는 앙티브와도 분위기가 다르다. 작고 아담하나 부티가 자못 흘러내려 마치 아랍 부호들이 살 것 같은 동네다. 처음 이곳에 왔을 때는 내가 그간 살아온 세계와 사뭇 달라 이토록 다른 세상, 다른 삶을 사는 사람들이 정말로 존재하는구나 하고 생각했다.

당연히 화려하고 고급스러운 상점들도 거리마다 즐비한데 그러한 명품 부티크들은 옷과 신발만을 판매하지 않는다. 브랜드의 분위기에 맞게 디자인한 살롱드떼를 마련해놓은 곳이 많다(파리의 고급 상점들에서도 구석에 자리한 살롱드떼를 흔하게 볼 수 있다). 차 종류가 많지는 않지만 널리 펼쳐진 푸르른 지중해 해안을 바라보며 즐기는 오후의 찻상은 멋지다. 플라타너스 가로수 근처의 어느 이탈리아 고급 브랜드 상점 입구에는 깔끔한 노천 카페가 자리해 있었다. 노천 카페 옆에 조각 작품을 연상케 할 만큼 멋들어지게 조경된 가든이 펼쳐져 있었고, 편안해 보이는 의자와 테이블이 중앙에 드문드문 배치되어 지나가는 손님들을 유혹했다.

기발하고 창조적인 발상을 추구하는 프랑스인들은 늘 새로운 무언가를 탐색하며, 언뜻 보기엔 실용적이지 않은 미학에만 집중하는 듯하지만 디테일에 공을 들여 완성도를 높이고 하이엔드 상품으로 만들어 자본주의 시대에 맞게 상업화한다. 그들은 단순히 상품이 아니라 문화를 판매한다. 다양한 아이디어를 구현해놓은 이 카페의 메뉴에 싱그러운 녹차로 뽑아냈다고 자부하는 그린티 에이드가 있기에 주문해보았다. 차라고 하기에는 애매한 음료였지만 상쾌하면서 미세하게 번져나오는 녹차 특유의 떫은 맛이 함께 주문한 프랑스 다식과 무척이나 잘 어울렸다. 친근함이 묻어 나오면서도 마냥 가벼운 음료라 칭하기에는 애매한 고급스러움이 남부 프랑스를 닮은 듯했다.

뉴욕 어퍼이스트에 1978년 문을 연 오래된 서점 코너

북스토어The Corner Bookstore에서 '티 카테일'이라는 소재를 다룬 책을 발견했을 때가 기억났다. 특히 녹차를 블렌딩한 카테일 레시피가 눈길을 사로잡았다. 민트를 섞어 향이 몹시 좋은 모히토가 생각나면서 녹차를 섞은 뒤 푸른 찻잎을 장식한 사진 속 그 카테일의 맛이 몹시 궁금했고, 내가 마주친 또 다른 미지의 문화에 가슴이 두근거렸다. 쉼 없이 변화하는 세상을 따라 새로운 아이디어를 추구하는 경향은 찻상문화 세계에서도 예외가 아니다. 고대부터 차나무 잎을 바탕으로 교양과 예술적 가치가 있는 문화를 창조해왔던 동아시아의 찻상, 서양으로 흘러들어가 자본주의의 한 축으로 자리매김했던 20세기의 찻상. 이제 기계화된 삶을 감당하는 데 한계에 부딪힌 인간은 과거로의 회귀를 꿈꾸며 자연 본래의 형태를 찾아내어 심신에 안식을 부여하고자 강렬하게 열망한다. 21세기 현재, 차는 힐링토닉Healing Tonic의 일종으로 부상했고 가정에서, 식품업계에서, 미디어에서 새로운 콘셉트, 레시피, 제품 등이 번지고 있다. 앞으로도 다양하고 창의적인 아이디어들을 바탕으로 어떠한 찻상문화가 창조될지 몹시 기대되지 않는가.

이제 나는 뜨거운 지중해 열기가 가득한 칸에서 즐기는 그 호화스러운 바캉스를 떠나지 않는다. 파리를 떠나온 뒤 칸과의 인연 역시 그것으로 멈추었기 때문이며, 당장 프랑스 남부로 날아가 그러한 바캉스를 즐기며 떨떠름하면서 몹시도 시원하였던 그린티 에이드를 마실 수 있는 삶의 여유를 가진 것도 아니다. 그럼에도 그립지는 않다. 그저 그러하였던 시절도 있었다고 내 삶에 남아 있을 뿐이다.

녹차는 6대 다류 중에서도 찻잎이 산화되는 것을 막기 위해 오히려 다소 복잡한 가공 과정을 거치는 차다. 가공 과정은 찻잎을 말리거나 덖는 등 범주에 따라 세분화되어 있는데, 그 하나하나의 공정이 완전히 다른 목표를 향해 진행되는 듯하지만 사실 모두가 하나의 차를 생산해내는 과정일 뿐이다.

결국 그 모든 프로세스를 거친 후에 완성된 차는 흡사 인간의 생과 닮았다. 내가 그토록 고급스러운 여름 휴가를 즐길 수 있던 시절은 차를 생산해내는 공정과 마찬가지로 내 인생의 어느 한 공정의 시간이었다. 그리고 지금 나는 또 다른 주어진 황금빛 시간 안에서 다른 공정을 거치며 내 눈앞에 놓인 찰나의 순간에 집중한다. 그렇게 나의 삶은 완성될 것이다.

순간을 산다는 것은 현재의 시간에 집중함으로써 삶의 주체자가 되는 것이다. 나는 어느 한 시절을 못내 그리워하며 벗어나지 못하거나 상처투성이 시절의 감정이 현재도 계속 따라다녀 과거에 갇혀 사는 것을 원치 않는다. 단 한 번 주어진 생에서 계속해서 흘러가는 시간과 맞물리지 못한 채 멈추어버린 나의 모습을 바라지 않는다. 변화를 꿈꾸는 사람의 시간은 능동적일 것이다. 그 변화에는 엄청난 고통이 따르리라는 것을 안다. 그러나 그조차도 자신의 것으로 받아들이는 긍정적 태도는 삶을 사랑하는 또 다른 방식임을 믿어 의심치 않는다. 녹차의 가공 과정은 찻잎이 가진 본래 그대로의 빛깔과 형태를 뽑아내야 하기에 그토록 복잡한 단계들로 나뉘어 있는지도 모른다. 참으로 고독하면서 다이나믹하였던 나의 국제적인 삶도 이러하였던 시간과 저러하였던 시절이 모두 합쳐져, 마치 하나의 찻잎이 차로 완성되는 것처럼 그렇게 멋지게 물들어가는 작업 과정이라 할 수 있다. 다른 보통의 인생들처럼 말이다.

환상의 레모네이드와 마이클 잭슨

예전에 평생 동양철학을 공부하신 어느 교수님과 얘기를 나눈 적이 있다. 그분 말씀이 사람에겐 각자 타고난 기가 있는데 그 사람에게 유독 실려 있는 기를 벗 삼아 행동하면 그리 험난하지 않은 길이 열리고, 반대로 기를 꺾으려 하면 장애 많고 험한 산을 오르는 고행의 길을 가게 된다는 것이었다. 그런데 대체로 사람은 자신의 기를 살리지 않고 역행을 선택하는 성향을 지녀 삶이 힘들 수밖에 없단다. 나 역시 어떤 면에서는 꺾어 가려는 성향이 있는 탓에 삶이 몹시 고단하다 느낄 때가 많았다. 그럼에도 지금까지 큰 어려움 없이 자연스럽게 이루어진 것들이 있다면, 여러 도시들과의 짙은 인연을 들 수 있다.

내가 처음 이탈리아를 방문했을 때는 파리에서 유학 생활이 끝나가던 2009년이었다. 넉넉하지 못하여 무엇 하나 제대로 누릴 수 없었던 유학 시절, 어느 날 갑자기 하늘에서 선물이 뚝 떨어진 것처럼 아름다운 해안도시 나폴리에서 열리는 오페라 축제에 초청받은 것이었다. 비행기 티켓과 4성급 호텔 체류가 포함된 3박4일간의 초대였다.

파리의 샤를드골 공항에서 비행기를 타고 나폴리 공항에 내렸다. 공항은 상당히 아담했으며 어느 시골 마을에 있는 정류장처럼 예스럽고 정겨웠다. 사람들도 매우 친절하고 인간미 넘쳤다. 내가 버스 정류장으로 가서 어느 아주머니에게 호텔 주소지가 적힌 종이를 보여주자 그녀는 버스 번호를 알려주며 어디에서 내리면 된다고 볼펜으로 삐뚤빼뚤 글자를 썼다.

버스가 바로 왔다. 아주머니는 내가 알아듣지 못하는 이탈리아어로 버스 기사에게 뭐라뭐라 했고 기사 아저씨는 고개를 끄덕이며 나에게 어서 타라고 손짓했다. 이 여성이 어디에서 내려야 하니 내릴 때 알려주라고 하신 모양이다. 나는 고맙다고 아주머니에게 인사를 하며 버스가 떠날 때까지 연신 손을 흔들었다. 좁다란 골목을 세차게 빠져나가는 버스의 창문 너머로 주택가가 시원하게 보이는데, 사뭇 낡아 보이는 건물들의 담벼락에 이불과 옷가지가 널려 있었다. 어린 시절 동네마다 쉽게 볼 수 있었던, 빨래를 햇볕에 말리는 풍경이었다.

호텔은 나폴리 해안 바로 앞에 있는 아주 고급스러운 곳이었고, 조금 전에 버스 창문 너머로 본 허름한 동네와는 너무나 대조적인 분위기를 띠었다. 호텔 안내인이 방까지 나를 데려다준 뒤 아침 식사 장소와 시간대를 설명해주고 나갔다. 내가 안내받은 방은 해안과 델로보 성이 한눈에 보이는 전망이 기가 막히게 좋은 방이었으며 테라스에는 티테이블까지 놓여 있었다. 호텔에서 그다지 멀지 않은 곳에 괜찮은 이탈리아 레스토랑이 있다고 하여 늦은 점심을 거기서 먹기로 했다. 해변에 자리 잡은 레스토랑에 들어서니 강렬한 태양빛에 피부를 멋스럽게 그을린, 전형적인 이탈리안 남성의 외모를 지닌 웨이터가 상냥한 미소를 보이며 반겼다.

　　신선한 해산물이 가득 담긴 스파게티와 와인 한 잔을 시켜 식사를 마치자 웨이터가 음식은 어땠는지, 디저트는 어떤 것으로 할지 물어왔다. 중세 이후 교양문화가 절정으로 만개한 이탈리아와 프랑스에서는 음식을 주문할 때 그에 어울리는 와인이나 미네랄워터 같은 음료를 함께 고르는 것이 기본이다. 디저트는 디너 테이블의 꽃이며 음식의 무거움 정도에 따라 주문하면 되는데, 하다못해 에소프레소 한 잔이라도 주문하는 것이 그들의 테이블 매너라고 할 수 있다. 이번에 나는 이탈리아의 대표 디저트 티라미수를 주문했다.

이튿날에는 호텔에서 알려준 대로 아침식사를 제공한다는 다이닝룸으로 들어섰다. 바다가 보이는 꽤 넓고 화사한 공간이었으며 중앙의 커다란 기둥을 중심으로 뷔페식 아침식사가 둥그렇게 차려져 있었다. 나는 창가 자리로 안내받은 다음 가까이 온 직원에게 마실 것으로 실론을 주문했다. 음식 테이블에는 달걀 음식과 소시지 등 따뜻한 서양식 아침 요리가 올라 있었다. 다른 테이블에는 수제 쿠키, 케이크 등 이탈리아 디저트들이 가득 놓여 있었다. 접시에 각종 디저트를 담아 자리로 돌아오니, 모던한 디자인의 찻잔에 담긴 실론과 작은 우유 크리머가 테이블 위에서 나를 기다리고 있었다.

우유를 타지 않은 채 실론을 한 모금 마신 뒤 딸기잼이 중앙에 박힌 꽃 모양 쿠키를 맛보았다. 쌉싸름한 홍차를 마셔주었음에도 입안에서 맴도는 단맛이 무척 강했다. 디저트는 서양식 찻상이나 다이닝 문화에서 절대 빠질 수 없는 메뉴이고, 이탈리아와 프랑스가 디저트계의 양대 산맥으로 자리하고 있다. 맛의 조합과 달달함의 밸런스 면에서는 프랑스가 과히 압도적이라 할 수 있지만 이탈리아 디저트는 파스타가 메인인 그들의 식문화에 맞게 창조된 만큼 풍미와 식감이 독특하다. 이렇게 홍차한 잔과 고급스러운 이탈리아 디저트들을 앞에 놓고 햇볕이 비치는 아름다운 공간에서 지중해 해변을 바라보며 즐기는 혼자만의 다회가 몹시 경쾌한 기분을 선사했다. 곧 다가올 소렌토로의 짧은 여행 또한 기대되었다.

배를 타고 소렌토로 향했다. 선착장이 가까워지자 높다랗게 솟은 가파른 절벽이 모습을 드러냈다. 주변에 집들이 있고 밑으로는 해변이 펼쳐졌다. 남부 이탈리아에서도 꽤 작은 마을인 소렌토는 그 풍경이 한 폭의 인상주의 명화 같았다.

마을까지는 상당히 짧은 거리임에도 길이 가파르기 때문에 버스를 타고 가야 한다고 하기에 내려올 때 탈 버스 표까지 미리 구입한 뒤 버스가 출발하기만을 기다렸다. 이윽고 어느 할리우드 영화의 주인공으로 출연해도 손색이 없을 만큼 얼굴이 아름다운 청년이 버스 문을 열며 운전석에 앉았다. 강렬한 지중해 땡볕을 가리기 위해 안 그래도 주먹만 한 얼굴을 반이나 가리는 선글라스를 쓴 모습은 과히 제임스 딘이 울고 갈 만큼 수려했다. 나는 너무 기가 막혀 넋을 잃고 쳐다보며 생각했다. 당장 할리우드로 건너가 무비스타가 되어야 할 외모가 어찌 이 시골에서 버스기사를 하고 있단 말인가.

사실 남부 이탈리아의 남성 대부분이 저런 외모를 가졌다. 식당에서 서빙하는 웨이터들은 말할 것도 없고 물 위의 노 젓는 뱃사공도 저러하며 매표소에서 표를 파는 이도 저토록 아름답다. 동양에서 건너온 나에게나 신세

소렌토에서
기념품으로 구입한
레몬 모양 비누와 수건

계인 모양이다.

버스가 가파른 길을 오르자 마을이 펼쳐지며 골목마다 빼곡히 들어선 상점과 집이 보였다. 고급스러운 유럽풍 식당과 노천 카페들이 자리한 풍경에 시골의 정겨움과 화려함이 뒤섞여 있었다.

나는 점심식사 대용으로 샌드위치를 하나 산 뒤 산책을 하며 사방을 바쁘게 구경했다. 돌길로 이루어진 좁다란 골목들을 이리저리 훑어보며 돌아다니다 옛 시골 마을 어귀에 있는 구멍가게처럼 클래식한 상점 하나를 발견했다. 기념품을 파는 가게였다. 나는 가게 안으로 들어가 레몬 모양 비누와 언젠가 생길 나의 예쁜 주방에 장식하고 싶은, 나폴리가 그려진 커다란 주방 수건과 기념엽서 몇 장을 아껴둔 점심 값으로 구입했다.

가게를 나와 대로에 이르자 바다를 끼고 마을을 한눈에 볼 수 있는 카페가 있었다. 나는 카페에 자리를 잡고 앉았다. 그리고 레모네이드를 주문했다. 지중해 연안의 남부 지방 특산물은 뜨거운 햇볕에 잘 익은 레몬이기 때문이다. 얼음이 든 기다란 유리잔에 꽤 많은 양의 레모네이드가 담겨 나왔다. 더운 날씨와 차가운 음료의 온도차 때문에 유리잔 밖으로 이슬이 맺히다 못해 줄줄 흐르는 모습이 레몬빛과 어우러져 한여름의 햇살만큼이나 영롱하니 예쁘기 그지없었다.

타들어가는 목을 축이려고 몇 모금 들이켜자마자 눈이 휘둥그레졌다. 이토록 맛있는 레모네이드를 마셔본 적이 또 있을까. 시럽이 아닌 진짜 레몬 농축액에 유럽산 탄산수를 섞어 만든 에이드는 기가 막힐 정도로 맛있었다. 청량감은 물론, 잘 익은 레몬에서 우러나온 진한 신맛과 텁텁하지 않은 단맛이 환상적이었다.

소렌토의 뜨거운 태양 빛과 목덜미의 땀을 식혀주는 가녀린 바람, 시야에 들어오는 낯선 풍경이 하나로 녹아들어 이루 말할 수 없는 황홀경을 안겨주었다. 오늘 하루에서 결코 기대하지 않은 엄청난 행운을 맞닥뜨린 듯한, 힘이 쭉 빠지는 묘한 기분이었다. 한 모금의 레모네이드로 온 신경이 열리며 느닷없는 행복감이 불어닥쳤다.

잠시 그렇게 시야를 가득 메우는 마을 풍경을 감상하며 레모네이드를 음미한 뒤 카페를 나왔다. 광장에 다다라 절벽 아래의 푸른 바다와 그 너머의 나폴리를 머릿속에 한참 동안 담아냈다. 벌겋게 달아오른 얼굴에 스치는 시골 마을의 바람 냄새와 지중해의 뜨거운 공기.

시간 가는 줄 모르고 소렌토에 취하는 동안 어느새 시곗바늘이 오후 4시를 향하고 있었다. 나폴리로 돌아가는 배를 타야 했다. 우선 버스를 타기 위해 어느 상점 앞에 있는 순박해 보이는 청년에게 버스 정류장에 대해 물어보니 더듬거리는 영어로 올라오는 버스를 기다렸다가 타고 내려가야 한다고 알려주었다. 버스가 자주 오니 기다렸다가 타고 내려가란다. 하지만 선착장까지 그리 멀지 않았던 듯해 나는 내리막길을 따라 걸어 내려가기로 했다. 소렌토의 트레이드마크라 할 수 있는 이 길은 그늘져 시원한 데다 아름다운 요새처럼 보였다.

도착한 선착장에는 사람들이 뜨거운 햇볕 아래 서서 배를 기다리고 있었다. 내 앞에 젊은 여성이 딸의 손을 잡고 서 있기에 나폴리로 가는 배가 맞냐고 물어봤다. 영어를 못하는 여성을 대신해 열 살이 되었다는 딸이 통역을 해주었다. 그녀는 자신도 나폴리로 간다며 이곳에서 기다리면 된다고 알려주었다. 나는 고맙다는 답례로 선착장까지 걸어왔기에 사용하지 못한 버스 표를 주었다. 여자는 지갑을 꺼내 돈을 주려고 했지만 내가 영어, 불어를 동원해 선물이라는 단어를 계속 내뱉으니 그제서야 "그라치에"라고 한다. 우리는 도착한 배에 함께 승선해 자리를 잡았다.

배가 출발하기를 기다리고 있는데 사람들이 갑자기 TV 쪽으로 모여들며 웅성거리기 시작했다. 뉴스 속보를 한참 듣던 그 젊은 여성이 하는 말이 마이클 잭슨이 사망했다는 것이었다. 나는 소스라치게 놀랐다. 꿈같은 하루를 보내고 나폴리로 돌아가는 선실 안에서 접하는 뉴스치고는 충격적이었다. 대중음악을 그다지 좋아하지 않는 내가 유일하게 열광한 것이 마이클 잭슨의 음악이었다. 특히 <빌리 진>을 사랑했다.

프랑스 남부에는 매해 2월 레몬 축제로 전 세계 사람들을 끌어모으는 망통이라는 마을이 있는데, 나는 그곳에 갔을 때도 소렌토에서 맛본 레모네이드의 맛을 찾을 수 없었다. 유럽 어느 도시나 미국의 뉴욕에서 훌륭한 음료를 파는 카페에 들어갈 적마다 메뉴판에 홈메이드 레모네이드가 적혀 있으면 소렌토의 레모네이드 맛이 못내 그리워 주문했지만, 그 황홀할 만큼 시큼하고 달달한 감칠맛은 다시 느낄 수 없었다. 소렌토에서 내가 마신 레모네이드에는 당시 그곳의 물과 습도가 자아낸 계절의 풍미가 담겨 있었던 것이다.

지인 중에는 이탈리아의 한 카페에서 맛본 커피맛을 잊을 수 없어서 그 카페의 것들과 똑같은 원두와 장비를 구입해 커피를 뽑아봤지만 그때의 그 맛이 나오질 않더라고 한 사람이 있다. 파리에서 파티셰로 일하는 친구도 타지에서 똑같은 프랑스산 밀가루와 부재료로 바게트를 만들어도 파리의 바게트 맛은 따라올 수 없다고 한다. 그 고장 특유의 물맛과 기후 때문이다.

세계적인 차 교과서라고 할 수 있는 《다경》을 보면 저자 육우는 좋은 차를 우려내기 위해 최고의 수질을 가진 산지들을 돌아다니며 물을 길어왔다고 나온다. 똑같은 찻잎과 방식으로 차를 우려낼지라도 뉴욕에서 내는 맛과 파리에서 내는 맛, 서울에서 내는 맛이 제각기 다르다. 유독 해당 찻잎과 최고의 궁합을 보이는 수질을 가진 지역이 있다. 이러한 섬세한 물맛을 찾아내는 일 또한 소믈리에가 하는 일이다. 물에 석회가 많은 서유럽에서 차를 우릴 경우에는 정수를 한다고 해도 걸러내는 일이 쉽지 않기 때문에 수돗물보다는 미네랄워터를 사용하는 것이 좋다. 프랑스는 다양한 종류의 미네랄워터 생산국인데, 이 미네랄워터들은 각각 특정 찻잎과 유독 조화가 좋거나 혹은 대부분의 차잎과 무난하게 어울린다.

한국에서는 가정집과 찻집을 비롯한 음식점 대부분이

정수기를 사용한다. 그런데 문제는 한국 정수기 기술력이 워낙 뛰어나 차를 우려낼 때 미세한 맛을 느낄 수 있게 해주는 균까지 다 걸러낸다는 데 있다. 이렇게 몽땅 걸러진 물을 쓸 경우 아무리 뛰어난 향을 가진 찻잎이라도 그 향을 온전히 뽑아내기 힘들며, 우려낸 차는 찻잎이 본래 가진 최대치의 풍미보다 다소 밍밍한 맛을 내곤 한다.

차의 향미를 좌우하는, 산소가 풍부한 물을 사용하면 좋겠으나 현대에서 그런 물의 대부분은 수질이 좋지 않기에, 맛있는 차를 우리려면 가급적 미네랄워터를 사용하되 주전자에 물을 붓기 전 물병을 충분히 흔든 후 세차게 쏟아부으면 산소가 생겨 훨씬 감칠맛 나는 차맛을 낼 수 있다.

지금도 슈퍼마켓에서 싱싱하고 알찬 레몬을 보면 소렌토에서 맛본 내 인생 최고의 레모네이드와 마이클 잭슨이 떠오르곤 한다. 결코 어울리지 않는 이 조합은 내 가슴속에 새겨진 나만의 개성 강한 세트 메뉴 같은 것이다. 삶과 죽음이란 극과 극으로 분리된 형태가 아니라 하나임을, 바로 지금here and now이 전부일 수 있음을, 생의 매 순간에 집중하는 능력이란 얼마나 중요하고 소중한지를 소렌토에서 보내는 하루 동안 새삼 실감했다.

우리에게 가장 필요한 것은
찻상문화

그들이 있는 뉴욕 칼라일 티룸의 따스한 향기

뉴욕을 배경으로 하는 영화를 보노라면 뉴욕의 명성과 전통의 상징으로 자주 등장하는 곳들이 있는데, 한때 뉴욕 정치와 경제를 주름 잡던 인물들의 아지트였고 재클린 캐네디가 가장 애호한 식당이었던 포시즌스 레스토랑(지금은 자금난으로 문을 닫았다)과 세인트레지스, 더플라자 같은 하이엔드 호텔들이 바로 그러하다. 그중 칼라일 호텔The Carlyle, a Rosewood Hotel은 나에게 유난히도 사랑스러운 장소이다.

하이엔드 호텔 대부분이 미드타운에 몰려 있는데 반해 칼라일 호텔은 혼자만 어퍼이스트에 자리하고 있다. 존 F. 케네디가 대통령 시절에 마릴린 먼로와 비밀 연애를 즐긴 곳으로 유명하며, 영국 왕실 사람들이 뉴욕 방문 시에 애용하는 곳이다. 하지만 내게 이 호텔은 뉴욕을

3장. 우리에게 가장 필요한 것은 찻상문화

대표하는 상징적인 장소라기보다는 내가 아무렇지 않게 일상을 보낸 티룸이 사랑스러운 곳일 뿐이다.

건강 검진을 받은 어느 해, 주치의가 갑상선 초음파 검사 사진을 살펴보더니 멍울이 의심스럽다며 피를 뽑고 조직 검사를 해야 한다면서 있는 대로 겁을 주었다. 어찌나 떨리던지 두려움을 덜어내고 싶은 마음에 동네 발레학교 친구들에게 그 사실을 알리며 무섭다고 토로했다.

미국 의료 시스템은 한국과 달리 우선 예약을 하고 검사를 진행한 후 다시 주치의와 약속을 잡아야 하기에 그 모든 절차가 진행되는 시간이 사람을 꽤 괴롭게 만든다. 친구들은 괜찮을 거라고 위로해주었다. 검사가 끝난 뒤 생각보다 빨리 결과를 통보받을 수 있었는데 다행히도 음성이었다. 친구들은 누구보다도 기뻐해주었고, 그간 괜찮을 거라고 아무렇지 않게 위로해주었어도 시간이 흐르는 동안 다소 위축되어가던 나의 모습이 안쓰러웠던지 며칠 후에 기념으로 오후의 티타임을 갖자고 했다.

처음 뉴욕에 왔을 때 나는 파리에서 막 왔던지라 친구는커녕 아는 사람 하나 없었고 언어의 장벽을 경험하며 뉴욕 생활에 어려움을 겪고 있었다. 갑갑한 숨통을 틔우기 위해 분출구를 찾아야 했다. 나는 홀린 듯이 집에서 고작 두 블록 떨어진 발레학교에 찾아가 등록했다. 그런데 무언가를 시작하면 끝장을 보는 근성이 내 안에 있었는지 그렇게 시작한 발레에 빠져 10년 넘게 계속하게 되었다. 그곳에서 만난 친구들과 우정을 쌓고 선생님들과 교류하며 뉴욕 삶을 꾸려갔다.

칼라일 티룸에 자주 같이 가던 친구 하나가 이 발레 학교에서 만난 친구다. 같은 선생님 수업을 즐겨 듣던 우리는 이내 같은 아파트에 살고 있다는 사실을 알게 되었다. 서로 차를 사랑한다는 것도 알게 되면서 자연스럽게 친해졌다. 친구는 비즈니스스쿨을 나와 살인적인 업무로 유명한 월스트리트에서 10여 년을 근무했다고 한다. 매일 열여섯 시간씩 근무했고 말 그대로 잠자고 일만 하는 생활을 했단다. 10년 넘게 그렇게 하는 사이에 몸은 몸대로 상하고 왜 이렇게 살아야 하는지 의문을 품게 되었다. 그녀는 바로 사표를 내고 나와 자신의 삶을 살기로 결심했다. 발레 수업을 듣고 차 테이스팅과 차 명상까지 배우며 심신의 공부를 했다.

사실 생각보다 많은 뉴요커가 스트레스에 시달리며 차와 명상에 빠지곤 한다. 다운타운에서 중국 차점을 운영하고 있는 지인 역시 월스트리트에서 은행원으로 일하다 못 견디고 그만둔 뒤 차와 관련된 일을 시작했다. 지인은 간간히 들어오는 수입으로 한 달 한 달 먹고사는 게 훨씬 행복하다고 말했다(실제로 뉴욕커들의 생활은 한달

살이다. 오죽하면 월세의 노예들이라는 표현이 있겠나).

발레학교 친구는 더 이상 일의 노예로 살고 싶지 않다며 그때의 10년이 인생에서 통째로 사라진 것 같다고 표현했다. 우리는 그렇게 10여 년 동안 일주일에 몇 번씩 같은 공간에서 춤을 추었다. 서로의 사생활이나 속내를 속속들이 알려하지 않아도 발레가 단순한 취미가 아니라 각자에게 삶의 어떤 부분으로 자리하는지 이해했기에 깊은 유대감을 통해 서서히 물들 듯 친해졌다. 오랜 시간 함께 호흡하며 땀 흘리고 자신을 내려놓고 몰입하는 시간을 공유했다. 무슨 일이 생기면 사는 게 별거 있나며, 괜찮다며 조용히 위로하고 보듬어주는 서로의 응원군이었다. 나는 다양한 인종과 문화가 공존하는 뉴욕의 동네 발레학교에서 춤을 추며 지독하게 차가울 수 있었던 이방인의 삶을 녹여냈다. 그렇게 발레학교 친구들과 종종 들른 곳이 칼라일의 티룸이었다.

함박눈이 펑펑 내리는 날, 위로와 기념을 핑계 삼아 찻상이 펼쳐졌다. 나는 오후 4시경 티룸 안으로 들어섰다. 밖에 눈이 많이 내려서인지 한산했다. 예의 그 친구는 이곳 샌드위치가 상당히 좋다고 알려주었다. 그녀는 포모사우롱 Formosa 烏龍*을, 나는 랍상소우총을 주

* 대만에서 생산되는 향이 아름다운 우롱차를 가리키는 말로, 과거 포르투갈이 대만을 "포모사 (아름다운)"라고 부른 데서 유래했다.

벽에 아름다운 그림들이 그려진 칼라일 티룸

문했다. 무겁지 않은 샌드위치가 네 종류 나왔다. 속재료와 소스의 배합이 상당히 좋았다. 영국식 찻상에서 샌드위치가 절대 만만한 티푸드가 아닌 이유는 속재료의 균형을 잘 맞추어야 하기 때문이다. 식빵 겉과 안쪽의 촉촉함의 밸런스를 맞추는 것도 중요하다. 자칫하면 겉이 쉽게 건조해지거나 속재료를 낀 안쪽만 질퍽해져서 식감과 맛이 와르르 무너질 수 있다. 내가 가본 티룸 중에는 샌드위치용으로 모닝빵을 사용한 곳이 있는데, 냉장고 안에 한참 보관했는지 빵이 질겨 베어 물 수도 없었을뿐더러 차가운 온기가 차맛까지 떨어뜨렸다. 이처럼 미세한 부분이 전체를 무너뜨릴 수 있는 것 또한 찻상 세계이다.

그 옛날 많은 유럽 국가에서 아름다운 귀족 놀이의 일종으로 찻상 붐이 일었다면, 17세기 중반 카타리나 공주로 인해 차에 빠져든 영국은 차 자체에 엄청난 매력을 느끼고 18세기에 중국과 차 무역을 시도했다. 이 시기 영국으로 들어간 차가 보헤아Bohea라고도 불린 산화차다. 보헤아란 당시 중국 우이산 지역을 의미했던 단어로, 점차 유럽에서는 홍차 일반을 가리키는 말로 쓰이게 되었다.

우이산에서 세계 최초의 홍차인 정산소종이 탄생했다. 당시 유럽인이 현지 우이산의 발음을 따라 랍상소우총이라고도 불렀던 이 산화차는 소나무를 태운 듯한 훈연향을 내는 독특한 향미를 지녔다. 그 향취에 영국인들이 얼마나 매료되었는지, 생산량이 적어 시장 유통이 어려웠던 귀한 정산소종을 대신해 영국에서 탄생한 차가 바로 현재 전 세계인에게 사랑받고 있는 얼그레이다. 얼그레이는 정산소종과 비슷한 향을 내기 위해 베르가모트의 향을 입혀 만들어낸 가향 홍차이며, 가향차 세계에서도 시장 점유율이 가장 높은 차라고 할 수 있다. 특히 유럽에서 인기가 많은 랍상소우총은 좀 더 훈연향을 강화해서 유통하고 있는 것으로, 우이산에서 생산되는 은은한 탄내가 나는 오리지널 정산소종과는 다르다.

이날 칼라일 호텔 티룸에서 맛본, 고풍스러운 문양이 그려진 접시 위 샌드위치는 촉촉한 식감과 입안에서 살살 녹는 다양한 속재료의 맛이 일품이었지만, 오랫동안 묵혀두었는지 특유의 훈연향이 거의 빠져나가 참으로 맛이 밍밍했던 랍상소우총은 나를 감동시키지 못했다. 그러나 머나먼 이국에서 내심 꾹꾹 눌러온 무섭고도 서러운 감정을 쏟아낸 곳, 친구들이 있는 칼라일 호텔 티룸의 그날의 따스한 향기를 떠올리면 지금도 금세 마음이 훈훈해진다.

나는 이 티룸을 뉴욕에서의 삶이 흘러가는 동안 드문드문 나의 시간 안에 머무른 곳, 홍차 한 잔 시켜놓고 일상의 대화를 주고받던 동네 호텔 티룸으로만 여겼다. 영국 찻상을 배우기 위해 미리 예약을 하고 찾아간 호텔들과 다르게 어느 고즈넉한 개인 다실에서나 풍겨나올 법한 아늑함과 따스함을 느끼곤 했다. 지나치게 격을 따지지 않은 채, 조용하게 시간 가는 줄 모르고 있다가 집으로 돌아가면 되는, 그저 삶이 흘러가는 장소. 훌륭한 5성급 호텔임에도 찻잎을 찻주전자에 담아 스트레이너와 함께 서빙하는 옛날 찻상 방식*을 고수해 차맛이 다소 떨어지기도 했지만, 역사의 흔적이 묻어나는 빛바랜 찻주전자와 찻잔들은 멋으로 다가왔다. 애틋한 인연들과의 진한 시간이 이곳에 머물고 있기에 나는 낡은 다구 하나하나에도 흔쾌히 그럴듯한 멋과 의미를 부여할 수 있었을 테다.

* 빅토리아 시대에 화려한 다구와 액세서리가 하나둘씩 찻상 위를 메우기 시작했다. 그중 하나가 스트레이너다. 스트레이너는 찻잎을 티포트에 넣고 우려진 차를 찻잔에 따라낼 때 찻잎을 거르는 용도로 쓰인다. 찻잔에 은빛 스트레이너가 걸쳐진 모습은 멋스러우며 액세서리 하나가 추가된 것이니 우아해 보이기까지 하기에 영국식 찻상을 선보이는 호텔 중에는 이것을 함께 서빙하는 곳이 많다. 그러나 티포트에 담긴 찻잎은 티타임의 대화가 진행되는 동안 계속 우려진다. 적정 시간을 초과하면 더 이상 나오지 않아도 되는 차의 쓴맛 같은 성분까지 나오면서 차맛이 흐트러진다. 그렇기에 차에 정성을 들이는 티룸들은 각 찻잎의 특성을 살펴 물의 온도와 우리는 시간을 달리해 우려낸 후 따로 티포트에 담아 서빙한다. 스트레이너는 찻상에 비주얼적인 요소로 가미될 수 있지만 실은 쓰임새가 없어야 맞겠다.

보이차와 어둠이 내려앉은
몬토크의 텅 빈 국도

맨해튼에서 롱아일랜드 방향으로 세 시간 정도 운전해서 달리면 단순히 시골이라고 칭하기에는 다소 모호한 햄프턴이라는 곳이 나온다. 아름다운 바다를 낀 리조트 타운으로, 특히 7, 8월의 바캉스 시즌에 뉴요커들에게 더욱 각광받는다. 동시에 수많은 예술가가 작업실을 두며 작품을 창조하는 영감의 장소이기도 하다.

남편은 오래전 이곳에 집을 두고 여름하우스로 사용하며 작품 활동을 하였는데, 지난 10여 년간 우리는 대체로 뉴욕과 유럽을 오가며 살았기에 햄프턴의 여름하우스를 사용한 적은 그다지 많지 않았다. 그러나 어떠한 선견지명이 있었는지 2018년에 우리는 파리의 집을 정리하고 뉴욕에 정착했다. 약 1년 후 코로나19가 강타하여

3장. 우리에게 가장 필요한 것은 찻상문화

팬데믹으로 전 세계가 고립되었다. 우리는 맨해튼을 떠나 이제 여름 한 철용이 아닌 생활 터전으로 햄프턴의 집에서 지내게 되었다. 나는 햄프턴의 예술적인 개성과 올드패션드한 멋 때문에 이곳에 더욱 빠져들었다. 그리고 찻상이라는 공간도 햄프턴의 풍부한 자연이 지닌 고유의 멋처럼 나만의 특유의 개성으로 이해하기 시작했다.

뉴욕에 처음 살았을 때 찻잔을 수집하는 취미가 생겼다. 주로 유럽풍 찻잔을 수집했다. 내가 살던 맨해튼의 어퍼이스트 곳곳에는 생활용품 중고가게들이 있었다. 미국은 찻상문화를 가진 나라가 아니라서 영국이나 다른 유럽 국가들에서처럼 다기에 눈독을 들이는 사람들이 많지 않다. 그런 만큼 중고가게에 입고되는 양도 적었다. 그래도 소소하게나마 새로운 앤티크 찻잔들이 진열될 때면 중고인 만큼 저렴하게 구입할 수 있었고, 여기서 예쁜 다기를 수집하는 재미는 내 일상을 행복하게 만들어주었다. 어느새 나는 어느 나라를 가든 다기만 눈에 들어오는 지경에 이르렀으며 파리 생활을 정리하고 햄프턴으로 온 뒤에는 그간 수집해온 다구들로 '연희다실'이라는 나만의 찻상 공간을 만들었다.

내가 진정 창조하고 싶었던 다실은 스스로를 안착시켜주고 싶은 '내면의 둥지'였을 것이다. 내 스스로의 의지에 따른 선택이었지만 연이은 이방인의 삶으로부터

↑   나의 귀여운 자기 인형과 다구들
↗   실론과 영국의 쇼트브레드가 놓인 나의 찻상

비롯된 외로움과 견딜 수 없는 공허함을 달래고 싶은 욕망도 있지 않았을까 싶다. 미련했던 의지에 대항해 결국 터져나온 것이 내 안에 찻상이라는 거대한 제국을 탄생시켰다. 차를 우리기 시작하면서 내가 가장 먼저 배운 것이 있다면 바로 기다림의 미학과 자신을 내려놓는 일이다. 습관처럼 아침마다 차를 우리고 생각이 많은 날에는 다구를 모조리 꺼내 하나하나 목욕을 시키고 나면 머릿속이 정리되는 것이 어느덧 내가 찻상이 되어버린 듯 하다. 연거푸 무엇인가가 반복되면 그 사람의 인생에 어떠한 영향이 초래된다. 그것은 가랑비에 옷 젖듯이 생활에 스며들며 문화가 되고, 그 문화의 힘이 인생을 만든다는 당연한 진리를 비로소 배우게 되었다.

중국 찻상은 자연스럽고 편안한, 그러면서도 기품이 흐르는 아우라가 인간을 품어주고자 하는 듯하며, 한국의 다례는 반듯한 정신 세계를 추구하면서 대자연과의 소통으로 겸허함을 이루어내려는 듯하며, 일본의 차노유는 인간을 훈련하는 듯한 고도의 절제미와 상당한 집중력을 요구하는 듯하고, 영국의 애프터눈티는 격 높은 범절과 서구적인 사교성이 두드러져 동아시아의 미학과는 사뭇 다른 면모를 보이는 듯하다. 하지만 사실 찻상미학이 추구하는 것은 하나라고 생각한다. 각 나라의 풍습에 따라 표현 방식과 의식이 다를 뿐 결국 말하고자 하는 것은 '순간에 집중하는 삶', 찰나의 멋을 이해하고자 하는 성질이라 할 수 있다. 이는 삶의 가장 중요한 본질 중 하나이지 않을까. 중국의 오랜 역사 속에서 한 번도 끊어지지 않고 새로운 제국이 건설될 때마다 탄생한 다법, 한반도의 풍류 사상으로 이어져온 다례, 일본의 '생에 단 한 번뿐인 기회'라는 뜻의 이치고이치에—期—会 정신 그리고 찻상 앞에 앉아 있는 동안만큼은 어떠한 무거운 생각이나 짐을 내려놓고 향긋한 차와 그 순간의 느슨함을 온전히 내 것으로 즐기고자 하는 영국의 애프터눈티 등, 찻상의 맥락은 모두 같은 듯하다.

세상에는 세 종류의 사람이 존재한다고 한다. 과거에 얽매여 헤어나지 못하는 사람과 모든 것을 미래에 맡긴 채 언젠가 그때가 되면 할 것이라고 믿는 사람 그리고 자신을 온전히 현재에 내맡긴 채 지금 이 순간 호흡하고 집중하며 살아가는 사람이다. 스스로에게 주어진 현재를 온전히 살아갈 때 그 시간은 미래를 만들어낸다. 스스로를 좋은 감정 속에 집어넣는 것은 어떠한 외부 상황에 의해 그 감정이 만들어지길 기다리며 살아가는 것이 아닌, 하루하루 훈련을 통해 그러한 정신적 선택을 갖춤으로써 나의 내일을 창출해내는 행위다.

살면서 누구에게나 찾아오는 고통스러운 감정을 외면하자는 것이 아니다. 마땅히 끌어안고 가야 하는 것이

171

3장. 우리에게 가장 필요한 것은 찻상문화

다. 그러나 감정이 나를 점령하여 자신의 행복 추구권을 앗아가게 놔두어서는 안 되는 것 또한 의무이며 스스로의 삶과 융화해나갈 줄 아는 지혜라고 생각한다. 찻상 앞에 앉아 차가 지닌 특유의 이로운 성질의 도움으로 스스로를 온전히 내려놓고 잠시나마 삶의 무게를 벗어내는 놀이문화를 창조해낸 것이 다회이다.

　뉴욕에 오랜 차 벗이 있는데, 얼굴 보는 일이 생기더라도 밖에서 함께 식사를 하고 다실을 방문해 차를 마시는 게 고작이었고 서로에게 차를 우려 대접해주겠다는 약속만 한 해 두 해 넘겨 무려 10년이 넘을 때까지 지켜지는 일이 없었다. 그런데 어느 날 팬데믹으로 한동안 만나지 못하였기에 오랜만에 얼굴 보며 근황을 묻고 풍부한 자연 환경에서 이틀 정도 숨을 고르고 싶다며 방문하겠다는 연락을 받았다.

　햄프턴에서도 내가 사는 이스트햄프턴에서 차를 타고 이십 분가량 가면 하늘을 뚫고 올라갈 만큼 높은 롱아일랜드의 끝자락에 세상이 내려다보이는 몬토크라는 곳이 있다. 앤디 워홀이 머물며 작업 활동을 했던 곳이자 내가 햄프턴에 사는 동안 유난히도 애정을 느낀 마을이다. 이곳에서 흘러나오는 에너지 자체도 매우 예술적이다. 특유의 와일드한 자연미가 늘 강렬한 영감을 내뿜기에 왜 많은 예술가가 이 고립된 곳까지 찾아와 작품에 몰두하는지 너무나 이해가 된다.

나의 벗은 몬토크에 숙소를 잡았고 우리는 근방에서 놀았다. 첫째 날 벗은 보이차 한 잔 우려줄 테니 마시고 돌아가라고 했다. 하지만 나는 하루 종일 관광을 시켜주느라 몸과 머리가 녹초가 되었다. 그리고 최근 벗은 힘든 암 투병 끝에 삶의 의지를 되찾았지만 치료받는 동안 약해질 대로 약해진 체력 때문에 내내 힘들어했다. 그래서 보이차 맛보기는 내일로 기약했다.

이튿날 다시 내가 몹시도 사랑하는, 석양이 아름다운 몬토크로 향했다. 점심 후에 만났던지라 여기저기 돌아다니니 반나절이 후딱 지나갔다. 어제부터 얻은 피로 때문인지 나는 저녁식사를 한 후 집으로 돌아가 그저 쓰러져 자고 싶은 마음뿐이었다. 그런데 저녁식사를 마친 뒤 벗이 다시 보이차 한 잔 마시고 가라고 권하는 것이 아닌가. 시계를 보니 아직 7시도 안 되었고 한 삽십 분 정도 머물면 되겠거니 싶어 알았다고 하였다.

벗이 머무는 곳은 발코니로 나가면 바닷가로 직접 연결되는, 철썩철썩 파도치는 소리와 바닷바람이 시원하게도 들어오는 주택식 리조트였다. 몸이 힘들어 지칠 대로 지친 상태였기에 사실 차에는 별 관심이 가지 않았지만 맛이나 보고 가자 하는 심정으로 응접실 테이블 앞에 앉았다. 벗은 오전에 혼자 발코니에 나가 바다를 바라보

173

며 차를 마시는 신선놀음을 하였다고 들려주면서 테이블 위에 잔뜩 놓인 다구들을 정리했다. 주전자의 물이 끓자 앙증맞은 자사호와 두 개의 옥잔 위에 부어 따뜻하게 데운다. 테이블 위에 우아한 자태와 문양을 뽐내며 앉아 있는 은제 자사호를 보고 어디서 저런 걸 구했냐고 묻자 다구 장인이 선물로 만들어주었단다. 아마 내가 원하면 장인이 만들어줄 거라고 하는데, 나는 홍차 찻상을 하는 사람이기에 사실 자사호를 사용하는 일이 거의 없음에도 그 자태가 소유하고 싶을 만큼 고혹적이었다.

찻상 위에는 다섯 종류의 보이차가 있었다. 벗은 그중 가장 여린 차부터 우려 내 잔에 채워줬다. 나는 한 모금 입에 적시자마자 널브러져 있던 몸을 곧추세웠다. 바로 정신을 집중할 만큼 과히 압도적이었던 이 보이차의 이름은 천 년을 산 고차수古茶樹에서 채엽하여 20년간 숙성한 이무정산易武正山*이라고 했다. 그간 말로만 들어봤지 처음 마셔본 이무정산의 맛과 향은 피로 때문에 날카로워져 있던 나의 신경을 순식간에 맑아지게 만들었다. 연달아 두 잔 우려 마신 뒤 은제 자사호의 뚜껑을 열어 축축히 젖은 찻잎 향을 코끝으로 들이켰다. 형언할 수 없을 만큼 경쾌하고 명랑한 향이었다.

다음으로 우린 차는 저돌적인 바

* 라오스와 가까운 중국 이무 지역의 고차수 산에서 생산되는 보이차로, 청나라 말기부터 황실에 공납되었다.

다양한 보이차들을 시음할 때 사용한 멋진 자사호

디감을 지녔음에도 묘하게 아련한 향을 내뿜는 차였다. 마치 고독한 장군과도 같았던 이 차는 천오백 년 고차수에서 채엽하여 15년간 숙성한 <u>노반장</u>老班章^{**}이었다. 나는 벗에게 이무정산의 차향은 참으로 아름다움 그 자체이며 노반장은 강하면서 극도의 섬세함을 가진 차라고 표현했다.

    몸이 힘들다며 한두 모금만 홀짝일 것처럼 있는 대로 새침을 떨어놓고 어느새 나는 찻상 주인인 양 더운물로 찻잔과 수구를 데우고 비우길 반복했다. 계속 새로운 차를 우리며 찻상놀이 삼매경에

** 중국 윈남성의 노반장이라는 마을의 고차수 잎으로 생산되는 보이차.

빠졌다. 찻상 위에 놓인 다섯 종류 차를 모두 맛본 뒤 첫 잔으로 마신 이무정산의 향취가 그리워 한 번 더 우리자고 청했다. 연거푸 찻잔을 비워내도 그 향은 여전히 매혹적이었고 지금 이 순간을 내 생애 가장 행복한 순간으로 만들어주었다. 입안이며 배 속까지 차향에 취해 어느새 나는 기운이 펄펄 넘쳤건만 이제 벗은 피곤한 기색이 역력했다. 약 두 시간 반에 걸쳐 이루어진 다회를 접고 우리는 다음 만남을 기약하며 작별했다.

예상치 못하게 나를 무아지경으로 빠트린 보이차 시음회를 마치고 리조트 밖으로 나오니 10시도 안 되었건만 시골답게 사방이 벌써 깊은 고요함에 잠겨 있었다. 두 시간 반 동안 몸 곳곳에 스며든 그 황홀하고도 아름다운 향내에 할 말을 잃은 채 차 시동을 건 뒤 짙게 깔린 어둠을 뚫고 몬토크의 도로를 달리기 시작했다. 4월, 푸르름이 번지기 시작하는 초봄이었다. 하지만 아직은 쌀쌀한 시골 바람에 풀과 나뭇가지가 부딪치는 소리와 서서히 내려앉는 밤안개에 나도 모르게 감정이 북받치고 눈시울이 뜨거워졌다. 이틀 후면 나는 잠시 한국에 돌아간다. 고국이지만 이제는 몹시도 생소한 한국이라는 낯선 땅에 들어서야 한다는 떨림과 쉽게 줄어들 것 같지 않을 어색함이 줄곧 내 가슴속에 무척이나 복합적으로 얽혀 있었다.

벗은 이러한 나의 교차적인 감정을 알기에 다회를 열어주고자 온 것이었다. 쌀쌀하나 맑은 시골 공기를 들이켜자 기분이 고조되었고 수많은 별로 가득 메워진 햄프턴 하늘을 마주 보며 속력을 올려 텅 빈 국도를 달렸다. 곧 사라져버릴 미치도록 아름다운 이 순간을 잠시나마 소유하고 싶다는 욕망에 창문 너머로 손을 내밀어 바람을 잡아보았지만, 역시 그것은 곧장 손가락 사이로 세차게 빠져나갔다. 지금 이 순간 느껴지는 까닭 모를 서러움이 태어나 자란 고국으로 돌아가는데도 이방인이라는 낯설고도 야릇한 느낌을 떨칠 수 없기 때문인지 아니면 온몸을 강렬하게 휘감은 보이차 향이 너무도 매혹적이어서인지 알 수 없을 뿐이었다. 단지 분명한 사실은, 이 고혹스러운 향내가 금세 내 곁에서 사라질 것 같지 않다는 점이었다. 그리고 나는 밤새 뒤척일 것이었다. 그래도 아주 흐뭇한 뒤척임이 될 것 같았다. 뜨거운 차향이 세포 곳곳으로 스며들며 내 몸을 일깨워 이 혼란스러운 순간 또한 나의 것임을 아주 미련스러울 만큼 재차 알아차리게 만들고 있었기 때문이다. 이틀 후 나는 다른 나라에 존재할지언정 그것은 그때 일이다. 바로 이 순간, 살며시 스며드는 바다의 비린내와 어렴풋이 퍼져나오는 초봄의 미묘한 풀향내가 나를 얼마나 어지럽고 섬세하게 자극하는지에 집중할 뿐이었다.

그때 벗이 우려준 보이차의 향은 앞으로 다시는 음미할 수 없게 되었다. 병세가 급격하게 나빠진 벗은 일여 년 후 내가 뉴욕으로 돌아가기 며칠 전 세상을 떠났다. 나는 한국의 차밭 사진이 보고 싶고 하동 녹차가 마시고 싶다 하였던 벗을 위해 하동으로 내려가 차를 잔뜩 구입한 뒤 뉴욕으로 갈 준비를 하고 있던 참이었다.

그리고 그것은 주인 없는 차가 되고 말았다. 아마도 벗은 모든 것을 알고 몬토크에 온 것 같았다. 그날의 다회가 우리가 함께 여는 생애 처음이자 마지막 다회라는 것을.

돌봄의 찻상

아름다운 정원에서
독일의 오스트프리즈란트식 찻상을

팬데믹이 전 세계를 강타한 2019년 말, 인류의 생활권은 그 거대한 힘에 순식간에 속수무책으로 통제당했다. 내가 그해 가을, 더 자세하게 찻상 공부를 하기 위해 런던을 다녀온 직후의 일이었다. 미국 역시 코로나19를 피해 갈 수 없었고 다른 주에 비해 뉴욕 주가 유독 강력하게 점령당했다. 모든 사람이 고립되었다. 한 치 앞도 예상할 수 없는 시간이 이어지면서 많은 뉴요커가 도시 생활을 접고 전원 생활을 선택했으며 미국의 심장과도 같은 맨해튼이 텅텅 비는 유례없는 상황이 벌어졌다. 나 역시 고립되었다. 그러나 나의 고립은 주변 미국인들의 것과는 차원이 달랐는데, 동양인 혐오가 극에 달하면서 하루가 멀다 하고 바이러스를 핑계로 동양인들이 공공장소에서 대놓고 공격당하는 사건이 연이어 터져나왔기 때문이다. 사실 코로나로 인해 그들의 분노가 표출되었다기보다는 오랜 시간 내면에 꿈틀거리고 있던 서구 우월주의가 이를 충분한 명분으로 삼아 환호와 함께 분출된 것처럼 보였다. 이 광경을 지켜보자니 십수 년간 서양을 떠돌며 겪어온 처절한 인내에 막이 내려지고 있음을 느꼈다. 대항해 시대부터 지금까지 야금야금 이어져온 그 시덥지도 않은 나르시시즘에 질릴 대로 질려버렸다.

그사이 해변가를 산책할 때마다 마주치던 친한 친구가 언제부턴가 나의 모습이 보이지 않자 연희와 연락이 닿고 싶다고 여러 번 남편한테 전한 모양이었다. 친구의 이름은 레베카로, 그녀의 크리스마스 파티에 몇 번 초대를 받은 적이 있는데, 집 내부도 모던하면서 매우 아름답게 꾸며져 있었다. 그녀는 안목만큼이나 배려와 교양도 몸에 배었고, 우리는 해변가에서 운동하다 마주치면 함께 벤치에 앉아 노을 지는 풍경을 바라보며 수다 삼매경에 빠지곤 하였다. 눈치 빠른 그녀는 내가 무슨 이유로 밖에 나오려 하지 않는지 알아채고 마찬가지로 친구인 남편에게 접촉했던 것이다.

사교적인 만큼 다양한 인맥을 가진 그녀는 나를 어떤 사람에게 소개해주고 싶다며 다회에 초대했다. 그는 독일 북부에서 온 식물 연구가로, 연주회와 시 낭송은 물론 훌륭한 조각상들과 예술을 방불케 하는 가드닝의 아름다움을 감상할 수 있는 곳, 예술정원 뮤지엄인 롱하우스리저브LongHouse Reserve의 담당자로 일하고 있었다. 나처럼 차를 사랑하여 찻상 차리기가 취미라고 한다. 그리고 이번 다회의 찻상은 그의 고향인 오스트프리즈란트Ost-friesland식 홍차 찻상이었다. 항해 교역이 활발했던 17세기는 과히 중국 열풍 시대라 할 수 있었다. 이 시기 중국의 차가 유럽 전역으로 들어가 귀족사회에서 찻상놀이가 유행했다. 독일 북부의 오스트프리즈란트에서도 당시의 문화가 이어져오면서 마을의 전통 찻상문화가 되었다고 한다.

그간 참으로 경험해보고 싶었던 찻상이었는데 내가 무척이나 운이 좋은 사람인지 이렇게 인연이 닿아 체험하게 되었다. 식물 연구가를 포함하여 다회를 주도한 레베카, 덤으로 따라온 나의 남편, 나 이렇게 넷이 참석했다. 투박한 인상과는 다르게 참으로 섬세한 손길을 가진 식물 연구가의 공들인 찻상을 보니 그의 정성을 느낄 수 있었다. 나 역시 차를 우려 대접하는 일만 해보았지 이렇게 누군가가 정성스레 차려내는 찻상을 받아보는 건 처음이었기에 황홀하고 감격스러웠다.

오스트프리즈란트식 찻상은 이 지방의 블렌디드 홍차, 즉 이스트프리지안Eastfriesian 블렌디드 홍차를 사용하

3장. 우리에게 가장 필요한 것은 찻상문화

아름답고 즐거웠던 오스트프리즈란트 다회

는 것이 특징이다. 찻잎을 우리는 것이 아니라 끓여내는 방식이기에 워머를 사용한다. 흰 각설탕과 실온의 저온 살균된 우유를 사용하여 담백한 맛을 내는 영국식 밀크티와는 다르게 이스트프리지안 밀크티는 흡사 투명한 얼음 알갱이처럼 생긴 크리스털 설탕(일반 각설탕보다 더 단맛이 난다)과 크림식 우유를 사용해 진하면서 깨끗한 맛이 나는 게 특징이다.

그리고 오스트프리즈란트 다회의 하이라이트가 바로 이 부분이다. 찻잔에 원하는 만큼 크리스털 설탕을 넣은 뒤 호스트가 뜨거운 차를 부어주면 설탕이 탁탁 터지며 내는 사랑스러운 소리를 들을 수 있다. 다회 애호가들에게는 진정한 찻상의 멋을 느낄 수 있는 순간이다. 크림을 찻잔에 붓고 절대 젓지 않는 것 또한 특징이다. 윗 부분의 크림이 가장 무겁고 중간부터 가벼워지면서 찻잔 안에 3단계의 막이 형성되는데, 차를 들이켜 줄어들수록 더 달콤해진 맛이 느껴진다. 보통 세 잔의 차를 마시는 오스트프리즈란트 다회에서 중요한 에티켓은, 마지막 세 잔째에 티스푼을 찻잔 안에 넣어 놓아야 하는 것이다. 그렇지 않으면 호스트는 계속 차를 따라줘야 한다고 여긴다.

식물 연구가는 요즘 중국 기문에 빠져 열심히 공부하는 중이라고 했다. 나도 기문을 가장 애호하며 어쩌면

나를 홍차 찻상의 세계로 들어오게 한 차일지도 모른다
고 대답했다. 우리는 한참 그렇게 찻상에 대해 이야기꽃
을 피웠다. 그가 아름답게 가꾸어진 꽃과 나무가 즐비한
거대한 정원이 딸린 롱하우스리저브를 안내해주겠다고
하기에 우리는 그를 따라 천천히 걸었다. 늦가을이었기
에 수북하게 쌓인 잎이 사각사각 밟히는 소리가 났다. 붉
고 노란 단풍이 멋스러워 그야말로 지상낙원이 따로 없
었다. 햄프턴에서 활동하는 예술가들의 조각상들도 군
데군데 놓여 있었다. 그야말로 대화가 영원히 끊이지 않
게 해줄 소재들이 정원 안에 난무했다. 식물을 만지는 일
이 몹시 행복하다는 그는 가만히 귀를 기울이면 식물들
도 자기들끼리 소근거리며 대화를 한다고 가르쳐주었
다. 그 속삭임을 듣고 있으면 생명의 환희를 느낀다고 덧
붙였다. 어쩌면 홀로 차를 우려 찻상을 만들어내도 나는
이를 결코 혼자서 하는 찻상이라고 생각해본 적이 없는
것과 비슷한 이치일까. 찻잔에 차를 붓는 소리와 퍼져나
오는 그윽한 차향과의 교감 속에서 나는 내가 살아 있음
을 느낀다. 이 또한 능동적인 것이며 내면의 소리를 들어
주기에 아주 좋은, 자신과의 대화의 장이다. 그리고 스스
로를 계속해서 깨워내는 움직임인 듯하다.

돌봄의 찻상

나는 자연과 다회를 연다

가득 채워진 찻잔을 비워내야만 다시 차를 부을 수 있듯이 맑게 비워낸 마음의 공간에는 또 다른 윤택한 감정들이 쌓인다. 비우면 저절로 채워지는 것이 삶이라는 사실을 나는 차를 우리며 배우고 있다.

　뉴욕과 파리를 오가던 도시의 삶을 접고 햄프턴이라는 외딴곳에 정착하면서 일상이 180도 바뀌었다. 햄프턴은 사방이 바다로 둘러싸여 있기에 한여름이면 도시에서 사람들이 몰려들어 해수욕을 즐긴다. 해 저무는 바다를 바라보며 광란의 파티를 즐길 수 있는 모래사장과 강한 물결이 치는 바다가 있고, 어느 조용한 마을의 호숫가처럼 잔잔한 만도 곳곳에 생성되어 있다. 햄프턴 거주자들은 대체로 한겨울만 빼고 매일 바닷길을 따라 조깅을 하거나 부근에서 운동한다. 실내에서 하기보다는 바람을 맞으며 운동하는 것이 훨씬 재미있고 유익하기 때문이다. 나와 남편도 조깅 트랙을 끼고 있는 근처 만에서 운동하는 것을 즐겼다. 해변을 걷다가 벤치에 앉아 노을 지는 광경을 멍하니 바라보는 느린 템포의 일상이 자연스레 우리의 것이 되어 있었다. 이러한 라이프 스타일은 도시 삶에 지칠 대로 지친 많은 뉴요커가 햄프턴을 찾는 이유이기도 하다.

햄프턴에 정착한 후 생긴 변화 중 의미가 짙은 것을 꼽는다면 찻상을 차려낼 수 있는 시간이 많아졌다는 것이다. 풍부한 자연 속에서 이루어지는 다회의 멋은 차린 것이 별로 없다 해도 과히 5성급 호텔의 영국식 찻상이 울고 갈 만큼 매혹적이다. 도시에서와 달리 잠시 슈퍼마켓을 찾을 때도 차를 몰고 가야 하는 햄프턴에서는 오리들이 도로 위에 터를 잡고 있어서 한참을 기다리거나, 시골 하루는 일찍 끝나기 때문에 차가 별로 다니지 않는 해 저무는 늦은 오후면 사슴 가족들이 도로 한복판에 앉아 쉬고 있는 일이 허다하다.

나의 집 주방 뒷문과 통하는 정원에는 큰 나무들이 자라고 있다. 그중 너도밤나무 안에 집을 짓고 사는 다람쥐 가족은 어느덧 우리 식구가 되었는데, 매일 기가 막힐 정도로 똑같은 시간에 도시락을 싸서 주방 난간으로 올라와 남김없이 먹은 뒤 빈 도토리 껍질만 수북하게 쌓아

매일 도시락을 싸와서
먹고 가는 다람쥐

놓고 그냥 가버린다. 도시에서 막 왔던 초창기에는 그 모습이 참으로 신기하고 귀여워 가까이서 자세히 보길 원했는데, 어느 날부터인가는 먹고 설거지도 안 해놓고 도망간다고 매일같이 잔소리를 해대고 있는 스스로를 깨닫고 한참 웃은 적이 있다.

하루는 열 마리도 넘는 야생 칠면조 군단이 정원으로 들어와 먹이를 찾거나 어느 날은 사슴 떼가 들러 풀을 뜯기도 했다. 햄프턴에서 태어나 자란 친구는 그러한 사슴 무리가 오면 내쫓는다고 했다. 애써 가꾸어놓은 정원을 망가뜨리고 꽃과 작은 식물까지 다 먹어치우기 때문이란다. 하지만 우리는 그냥 놔뒀다. 동물들이 올 것까지 계산하여 정원을 가꾸지 않고 있을 뿐이라는 게으른 핑계거리가 되어주기도 했던 것이다. 어쩌면 우리는 게으

름의 미덕을 행하기 위해, 게을러지기 위해 햄프턴의 삶을 선택한 것일 수도 있겠다.

찻상을 차려 오후의 티타임을 갖다 보면 다람쥐들이 쉼 없이 들락거리고 사슴들도 슬금슬금 눈치를 보며 들어와 한참 놀고 간다. 창문으로 훤하게 내다보이는 다람쥐도 사슴도 칠면조도 모두 홍차가 놓인 찻상의 게스트로 받아들인다. 이렇게 나는 자연과 다회를 함께하기 시작했다. 햄프턴 생활은 각국의 도시들을 들락거리는 이방인의 삶에 지쳐 마비되어 있던 내 마음의 문을 열어주었다. 문틈 사이로 슬며시 들어와 쌓이는 먼지처럼 은근슬쩍 일상에서 쌓여온 감정의 먼지들이 얼마나 자욱한지도 눈에 보이기 시작했다. 도시에 살 때는 슬며시 누적되는 불안함, 촉박함 같은 불쾌한 감정들을 억지스레 내려놓기 위해 차 우리기를 일삼았다면, 햄프턴에서는 끈이 풀린 듯 저절로 발산되는 신명난 감정들의 틈바구니 속에서 차를 우려냈다. 그리고 그 시간들이 어느새 삶의 일부로 자연스럽게 느껴졌다. 자연의 템포로 시간을 태엽에 감는 일이 이처럼 신나며 오히려 삶이 꽉 채워진 감각을 느끼게 해줌을 비로소 깨달았다. 비워지는 마음의 그릇을 경험한 후에야 진정한 행복을 경험한 것이다.

나는 오늘도 차를 우리며 시간을 비워낸다. 그리고 그 빈 잔에 다시 자연스럽게 스며드는 나의 삶을 지켜본

다. 내일도 차를 우리기 위해 오늘의 찻잔을 비워내는 것은 당연한 일이며, 내일이라는 또 다른 시간이 채워질 수 있도록 비워지는 오늘을 겸허히 알아차리는 것 또한 마땅히 해야 할 일이다.

참고도서

《경성천도: 도쿄의 서울 이전 계획과 조선인 축출공작》, 도요카와 젠요 지음, 김현경 옮김, 전경일 감수, 다빈치북스, 2012.

《교양의 탄생: 유럽을 만든 인문정신》, 이광주 지음, 한길사, 2009.

《나의 문화유산답사기 일본편 5: 교토의 정원과 다도》, 유홍준 지음, 2020.

《담론의 탄생: 유럽의 살롱과 클럽과 카페 그 자유로운 풍경》, 이광주 지음, 한길사, 2015.

《세계사를 바꾼 커피 이야기》, 우스이 류이치로 지음, 김수경 옮김, 사람과나무사이, 2022.

《육우 다경》, 육우 지음, 김진무·김대영 옮김, 일빛, 2017.

《초목전쟁: 영국은 왜 중국 홍차를 훔쳤나》, 세라 로즈 지음, 이재황 옮김, 산처럼, 2015.

《커피 세계사: 한국 가배사》, 이길상 지음, 푸른역사, 2021.

《통영은 맛있다: 자다가도 일어나 바다로 가고 싶은 곳》, 강제윤 지음, 이상희 사진, 생각을담는집, 2013.

《프랑스 대혁명》, 알베르 소불 지음, 양영란 옮김, 두레, 2016.

《Afternoon Tea》, Jane Pettigrew, Pitkin, 2004.

《In the Victorian Kitchen》, Jane Pettigrew, Bulfinch Pr, 1990.

돌봄의 찻상
차의 템포로 자신의 마음과 천천히 걷기

초판 1쇄 2024년 1월 30일 발행

지은이 연희
펴낸이 김현종
책임편집 유온누리 **편집도움** 최세정 **디자인** 김기현
마케팅 최재희 안형태 신재철 김에리 **경영지원** 이민주 김도원

펴낸곳 (주)메디치미디어
출판등록 2008년 8월 20일 제300-2008-76호
주소 서울특별시 중구 중림로7길 4, 3층
전화 02-735-3308 **팩스** 02-735-3309
이메일 medici@medicimedia.co.kr **홈페이지** medicimedia.co.kr
페이스북 medicimedia **인스타그램** medicimedia

ⓒ 연희, 2024
ISBN 979-11-5706-334-5 (03810)